www.tredition.de

AF185410

Gestatten: DER AUTOR.

Christoph Amediek ist

-Ehemann,

- Vater,

- Pauker,

- Musiker,

- Sportler,

- Fußballfanatic,

- Jahrgang '67.

Er lebt in Alfter (mit „L"!!) bei Bonn.

Bisher erschienen im tredition-Verlag:

Money Talk, Roman (2020)

Christoph Amediek

Tierische Coronawampe

Die reine Wahrheit

in 17 Glossen, Geschichten und Anekdoten.

www.tredition.de

© 2021 Christoph Amediek
Umschlag, Illustration: Thilo Zweihoff
Lektorat, Korrektorat: Christina Amediek

Verlag & Druck: tredition GmbH, Halenreie 40-44, 22359 Hamburg

ISBN
Paperback   ISBN 978-3-347-28018-2
Hardcover   ISBN 978-3-347-28019-9
e-Book   ISBN 978-3-347-28020-5

INHALTSVERZEICHNIS

Kapitel 1 – Die Wahrheit   7

Beim Analytiker   9

Männer, die auf Busen starren   15

Stefan und Kalle: Kreisliga   22

Alptraum Gurtpflicht   33

Teufel auf Urlaub   38

Stefan und Kalle: BUMM   54

Kapitel 2 – Preisgekrönt und still verhöhnt   **72**

Gewicht des Windes   73

God's Country   81

Schatz, der; Substantiv, Konjunktiv   93

Der Urlaub der Anderen   98

Tierische Coronawampe   119

Glenfiddich   131

Kapitel 3 – Die Sprache   **142**

Stefan und Kalle: Wichspisser   144

Alles Scheiße – oder doch nur Kacke?   151

Schöne Worte   157

Beethoven, 240V   164

Wo wohnst du? – Sag ich nicht!   172

Hier ist noch Platz! Ein Gedicht;)   183

**Für
Tina.**

Kapitel 1 – Die Wahrheit

Unsere Gegenwart ist zu einem Großteil von dieser anscheinend alles beherrschenden Frage geprägt: Was ist wirklich? Was ist real?

Dabei beobachten wir, wie in den Kernfragen der Menschheit in ihren Positionen festgefahrene Lager miteinander ringen: Impfsinn. Klimawandel. Pandemie. Fake News oder New Fake?
Erbittert wurde vor einigen Jahren die Frage debattiert, ob der Prophet in Cartoons dargestellt werden darf; hier ging es um Glaubensfragen verbunden mit der Debatte um Toleranz und Etikette. Entgeistert stellen wir heute fest, dass der Aspekt des Glaubens anscheinend der „neue, heiße Scheiß" ist, da er auf sämtliche Themen übertragen wird, die eigentlich eher dem Bereich des „Wissens" zugeordnet werden. Glauben und Wissen? Der Unterschied ist schnell erklärt. Man stelle sich vor, dass man auf einem Plateau in einer Höhe von drei Metern über einem unbekannten und trüben See steht, alle Freunde sind schon im Wasser und einer ruft: „Los spring! Ich glaube, es ist tief genug!" Fühlt man sich bei einer solchen Ansprache beruhigt und motiviert?

Die wissenschaftliche Methode zur Beweisführung wird angezweifelt und ersetzt durch einen neuen normativen Schluss: Man leitet von einem Wollen ein Sein ab.

Das „Wollen" steht für die Wunschwelt – das Subjektive mit all seinen Emotionen und Bedürfnissen und kann sowohl unendliche Weiten umfassen als auch in beängstigend engen, kleinen Räumen hocken.

Es erinnert ein bisschen an einen Streit beim Fangenspiel unter Kindern: „Hab dich!", sagt der Fänger im vollen Bewusstsein, das fliehende Kind berührt zu haben. „Gar nicht!", schallt es trotzig zurück, obwohl vielleicht weitere Mitspielende deutlich den Kontakt gesehen haben. „Gar nicht! Gar nicht!!" – Aus einem Wollen wird ein Sein konstruiert, aus einem Wunsch und Glauben ein Wissen.

Ob jetzt Pandemie-Konflikte oder das Fangenspiel: Die Welt unserer Emotionen ragt hinein in unser Leben und beeinflusst maßgeblich wichtige Entscheidungen: E-Auto oder Verbrenner? Apple oder Android? Stratocaster oder Les Paul? Burger King oder McD? Aufstehen oder weiterschlafen? Fragen über Fragen.

Einen kleinen Beitrag zur besseren Orientierung oder gänzlichen Verwirrung in obigen oder ähnlichen Kontexten geben die Beiträge dieses Kapitels, wobei einem guten Kumpel der Wahrheit höchstpersönlich das erste Wort vorbehalten ist.

Dieser Text entstand im Rahmen einer Spontandepression an einem Vormittag in den Sommerferien 2020. Vorausgegangen waren im Urlaub unschöne Begegnungen mit Masken-Verweigerern, die mir unzweideutig ein unfreundliches Handgemenge anboten, nachdem ich diese Menschen zu einem solidarischen Miteinander motivieren wollte.

Heute, beim Analytiker

„Guten Tag, womit kann ich Ihnen helfen?"

„Herr Doktor. Ich komme zu Ihnen, weil ich echte Existenzängste habe! Ich bin in meinem Leben an einem Punkt angekommen, den ich schon längst überwunden wähnte. Und wenn ich in die Zukunft blicke, so befürchte ich, schon bald nicht mehr zu existieren!"

„Haben Sie eine ernste Erkrankung? Vielleicht sollten Sie sich dann eher an ein Hospiz wenden – die Palliativmedizin ist sehr weit und die Seelsorger dort exzellent ausgebildet."

„Da war ich schon und die sagten mir, dass ich es unbedingt bei Ihnen versuchen sollte. Viele Leute wünschen sich angeblich, dass ich kein hoffnungsloser Fall sein soll."

„Hm? Haben Sie irgendwelche seelischen Vorerkrankungen? Zwangsstörungen oder Hypochondrie vielleicht?"

„Nein. Mein ganzes Leben habe ich mich immer gut entwickelt, doch seit einigen Jahren geht es immer schneller bergab. Und da, wo ich mich immer am wohlsten gefühlt habe, ist es momentan am schlimmsten."

„Vielleicht das Alter! Da rate ich Ihnen eher zu einer umfassenden Untersuchung in der Geriatrie."

„Nein, das ist es nicht."

„Nun gut. Dann legen Sie sich mal bitte hier auf die Couch. Machen Sie es sich so bequem wie möglich, legen Sie ihre Hände auf den Bauch und atmen Sie dagegen. Wir fangen mal ganz entspannt an: Wie heißen Sie?"

„Ich bin die Realität." – „Verdammt!", entfährt es mir, habe ich doch schon immer insgeheim befürchtet, dass eines Tages die Realität bei mir anklopft.

„Sie teilen also meine Befürchtungen?" – Einen Moment bin ich ratlos, atme tief durch – schließlich ist es mein Job, meinen Patienten zu helfen.

„Nun", beginne ich, „natürlich kann ich mir vorstellen, dass der in letzter Zeit oft attestierte *Realitätsverlust* von Ihnen als unmittelbare Bedrohung wahrgenommen wird. Aber jedes Glas, das nicht ganz voll ist, ist ja auch nicht ganz leer. Damit will ich sagen: Sie sollten immer zuerst auf die positiven Dinge schauen. Sie haben doch die gesamte wissenschaftliche Welt hinter sich!"

„Da haben wir doch das Problem. Dieser Zusammenhang gilt zusehends nicht mehr! Die Menschen wenden sich immer mehr von der Wissenschaft ab, meinen gar, sie sei ein manipulierendes Instrument. Wer ins Detail geht, wird schief angesehen! Wer eine Position vertritt, die nicht mit einem einzigen schmissigen Satz transparent und erklärbar gemacht werden kann, dem hört man gar mehr nicht zu! Verdächtig derjenige, der in Problemen mit einem multikausalen Geflecht einen dialektischen Erklärungsansatz wagt. Es gilt: Nur was ich sehen, hören, fühlen kann, ist real! Und ein griffiger emotionalisierender Slogan schürt mehr Vertrauen als eine nüchterne Expertise."

„Ja, ich weiß genau, was Sie meinen", stimme ich aufrichtig bedauernd hinzu. Aber ich muss jetzt den Patienten aufrichten, vielleicht, indem ich ihm aufzeige, dass er nicht allein dasteht!

„Wie geht es eigentlich ihren Geschwistern damit, der Wirklichkeit und der Wahrheit?" – Die Realität seufzt: „Ach wissen Sie, wir müssen uns jetzt wirklich nicht in konstruktivistischen Spitzfindigkeiten verlieren. Ich weiß, dass ich als Realität ja immer existieren werde, und dass eigentlich die Wirklichkeit hier an meiner statt liegen müsste. Der Umstand, dass *ich* hier bin, verdankt sich jedoch der Tatsache, dass bisher die Menschen immer versucht haben, ihre Erklärungsmuster von sich und der Welt idealtypischerweise an mir auszurichten. Und das geht zusehends verloren! Und wenn man sich nicht mehr an dem orientiert, was immer war und immer sein wird, habe ich als Realität keinerlei Bedeutung mehr!"

„Geht es Ihnen da vielleicht ähnlich wie dem Glauben?" – „Humbug! Der Glaube und ich sind schon immer richtig fette Buddies gewesen! Wir beide gehen Hand in Hand! An dem einen Ort, zu der einen Zeit ist mal er mehr gefragt, zu anderen Zeiten mal wieder ich. Dem Glauben geht es zunehmend schlecht – genauso wie mir: Andauernd wird er als Motiv missbraucht durch die, die in seinem Namen wirken. Er wird grotesk entstellt und zunehmend weniger als das wahrgenommen, was er ist: Nämlich genauso wie ich ein Mittel zu sein, um die gesamte Menschheit als Ganzes zusammenzuführen und voranzubringen."

Ich bin ehrlich gesagt ratlos. Natürlich fallen mir schlagartig 'zig Themen ein, die der Realität schwer zu schaffen machen. Klimadebatte, USA, Impfdiskussion, Umgang mit Pandemie – aber ich möchte mich nicht auf ein Abreiten von bekannten Beispielen einlassen. Ich versuche etwas anderes: „Können Sie mal versuchen dieses Grundgefühl, das Ihnen zu schaffen macht, in seinen Zusammenhängen zu beschreiben?"

Die Realität atmet tief durch: „Klar kann ich das. Früher haben sich verschiedene Meinungen in einem Raum befunden. Diese Meinungen wurden ausdiskutiert. Und zwar auf der Ebene von Sachargumenten. Diese Sachargumente waren die Basis der Meinung, und damit auch die Basis der Realität. Natürlich gibt es Positionen, die argumentativ nicht vereinbar sind: ideologische Standpunkte oder religiöse Denkverbote etc. Aber nehmen wir das zuletzt genannte als Beispiel. Jahrhundertelang galt als Realität: Die Erde ist der Mittelpunkt des Universums. Und die Wissenschaft dieser Zeit hat immer versucht, diese religiöse Position mit wissenschaftlichen Argumenten zu stützen. Aber irgendwann hat die Wissenschaft diese Position in Frage gestellt, da die Fakten schlicht andere waren. Es hat dann zwar noch einige Jahrzehnte gedauert, aber schließlich habe ich mich hier durchgesetzt und diejenigen, die anderer Meinung waren, haben sich die Argumente angehört, sie leidenschaftslos geprüft und ihren Standpunkt aufgrund von Faktenwissen geändert. Faktenwissen schafft Realität. Aber heute ist es komplett anders: Heute wird einerseits so getan, als gäbe es mich – die Realität, die unabhängig von den Menschen existiert - zweimal: Mit dem Begriff „alternative Fakten" wird suggeriert, dass eine auf wissenschaftlicher Grundlage getroffene Aussage anzuzweifeln ist, da es wie in einem Paralleluniversum quasi eine zweite Realitätsebene gäbe. Das Entscheidende dabei ist aber noch nicht einmal, dass diese „alternativen Fakten" bei einem nüchternen Faktencheck zusammenfallen wie ein Kartenhaus; das Entscheidende ist, dass derjenige, der sich darauf beruft, sich konsequent weigert, sich einer Selbstüberprüfung seiner Position zu unterwerfen. Das höchste Primat ist das Zeigen einer Haltung! Hier stehe ich! Gegen jede Meinung anderer! Gegen den Staat! Gegen die Opposition! Gegen das Ausland! Gegen die Polizei! Gegen die Zivilgesellschaft! Gegen das, wogegen ich gerade meine sein zu müssen!

Und fragt man: Warum? – Erhält man die Antwort: DARUM! Hauptsache Haltung! Und Hauptsache: DAGEGEN! Nachdenken verboten! Realität ist nicht mehr unsere Wirklichkeit, die sich unter Hinzuziehung sämtlicher Erkenntnismöglichkeiten herausbildet. Realität ist meine persönliche emotional gebildete Wunschwelt mit der Halbwertszeit eines Wutanfalls."

Hier beginnt die Realität zu weinen, mir versagt die

Stimme. Wir verabschieden uns, mit hängenden Schultern und mattem Gesicht steht die Realität von der Couch auf, gibt mir mit aufrichtigem und gequältem Lächeln die Hand und lässt mich im Raum allein. Deutlich geschafft und voller Gedanken drücke ich auf die Gegensprechanlage: „Monika, ist noch jemand da? Ich würde gern Feierabend machen, bin völlig geschlaucht."

„Sorry, Doktor", höre ich meine Sprechstundenhilfe. „Es ist gerade noch jemand gekommen, dem es echt schlecht geht."

„Oje", mich schaudert, denn ich ahne es schon. „Wer ist es denn?"

„Die Solidarität."

Männer, die auf Busen starren

Neulich fahre ich mal wieder mit der Bahn und es ist sogar noch ein Platz frei – und wer sitzt da neben mir? Das Klischee! Ich bin heute ganz entspannt und recht guter Laune und denke mir: ‚Da kannst du ja mal ein bisschen Smalltalk machen.'

„Na, auch in die Stadt?" – Ich gebe zu: Meine Gesprächsanfänge sind eher nicht so der Brüller.

„War mir klar, dass einer wie du mit so 'nem Satz ein Gespräch anfängt." Ich lächle unbeholfen, das Klischee sieht mich an.

„Hast du die Frau gesehen?" – Ich blicke mich um. „Welche? Die mit den braunen Haaren?" Das Klischee fixiert mich über seine Brille, ich rate weiter. „Die mit der bunten Jacke? Oder die mit der grünen Tasche?"

Das Klischee bedeutet mir mit einem Stirnrunzeln, dass noch eine Kategorie zu fehlen scheint. Ich senke die Stimme: „Ach, die mit dem Busen?" – „Hab' ich mir doch gedacht, dass du zuerst da hinguckst!"

Was für ein doofer Gesprächsbeginn! Ich protestiere: „Du meinst wohl, nur weil du das Klischee bist, kannst du mich einfach in irgendeine Schublade stecken!?"

„Der Busen ist dir doch auch aufgefallen, oder?" Ich gestikuliere etwas hilflos: „Mein Gott, man steigt in eine Bahn ein, sucht einen freien Platz und blickt sich halt um, und da fällt einem neben Schuhen, Haaren, Handyhüllen und T-Shirtaufdrucken eben auch .. ein Busen auf." - „Du weißt schon, dass hier in der Bahn ja mehr als nur dieser *eine* Busen unterwegs ist?" – „Ja, natürlich! An jeder Frau ist normalerweise einer dran, und an einigen Männern ja auch."

Das Klischee setzt sich jetzt betont gerade hin: „Aber obwohl hier in der Bahn eine ganze Reihe von Busen unterwegs sind, wusste ich sofort, auf welchen du geguckt hast!"

Ich seufze, halte die Stimme dann wieder gedämpft: „Ja, mein Gott, aber *dieser* Busen, der springt einen ja geradezu an!" -„Typen wie du gucken vielleicht zu viele Filmchen, in denen anspringende Busen die Haupthandlung sind."

Jetzt reicht's aber! „Ich…ich…ich gucke doch keine Pornos!", zische ich eine Spur zu laut. Das Klischee lächelt überlegen, zwei Jugendliche gegenüber kichern.

Ich reiße mich zusammen, die Diskussion muss auf eine Sachebene: „Wieso wusstest du denn so genau, *welchen* Busen ich meinte? Ist es nicht so, dass ein solcher Busen erstens generell Blicke auf sich zieht – vielleicht sogar ziehen will! -und zweitens, dass *du* da anscheinend *auch* hingestarrt hast?" – „Als ich dich einsteigen sah, wusste ich sofort, dass du da hingucken würdest! Selbst jetzt wirfst du ja noch diese beiläufigen Sekundenblicke drauf!" Unvermittelt schaue ich kurz hin. „Siehste!"

„Und du bist keinen Deut besser, denn du hast ja auch hingeguckt!"- „Ich sitze hier schon seit 'ner halben Stunde, da fällt mir zwangsläufig dieses oder jenes Detail der mitfahrenden Bahninsassen auf. Der eine steigt ein, hat ein Heavy-Metall-T-Shirt, die nächsten beiden Mädchen, die sich da drüben hinsetzen, haben exakt die gleichen Fingernägel, die Mutter mit Kind starrt die ganze Zeit auf ihr Handy, dann wieder drei Leute rein, vielleicht zwei wieder raus, dann kommt eine Frau mit stark klackernden Schuhen, die ein ziemliches Dekolleté hat und kaum kommt so 'n Typ wie du: Zack! Sofort Augen drauf!"

„Aber ich bitte dich – wie läuft denn unsere Wahrnehmung ab? Wir registrieren doch die Menschen um uns herum nach ihren besonderen Eigenschaften. Steigt ein großer Mensch ein, denkst du doch: Mensch, watt 'n Riese! Steigt ein sehr kleiner Mensch zu, denkst du: Ach, was für ein Zwerg! Bei einem Dicken: Schau an, schon wieder so ein Flatscher! Bei einem Rothaarigen: Ah, ein Fuchs! Und bei einem derart hervorgehobenen großen Busen – in Teilen gewollt unbedeckt - , denkst du halt: Dort ist ein großer Busen!" – „Ich glaube, dass du sogar denkst: Was für ein hervorragender Busen!"

Ich lenke ein: „In gewisser Weise ja – denn er ragt ja nun auch wortwörtlich ein ganzes Stück hervor."

„Da haben wir's." Das Klischee grinst. „Du geilst dich ja ziemlich an diesem Busen auf!"

Nur mühsam gelingt es mir, nicht laut zu werden. „Ach, und was ist mit dir? Du hast doch auch draufgeschaut! Und hast ihn auch recht treffend beschrieben! Ich würde sogar sagen: Derart treffend, dass man meinen könnte, dass nur jemand, der schon sehr lange und intensiv darauf geguckt hat, zu einer solch detaillierten Analyse fähig wäre!"- „Du hast halt diese typische Männer-Geilheit."

„Ach! Und das gilt nicht für dich?" – „Ne, ich nehme meine Umwelt komplett neutral wahr. Denn bedenke: ich bin *das* Klischee! *Das* ist Neutrum! Oder wie man heute sagt: divers!"

„Du bist divers?" Ohne es zu wollen, rutsche ich einen Zentimeter vom Klischee weg. „Na, da hat so ein maskuliner stereotyper Busengucker wie du natürlich keinen Blick für! Bei dir heißt es wahrscheinlich: Divers ist pervers! Oder?"

„Ehrlich gesagt ist mir das herzlich egal! Jeder hat das Recht, sein Glück auf seine Art zu suchen und zu finden, auf jeden Topf passt ein Deckel, alles darf, nichts muss, wenn alle Beteiligten einverstanden sind."

„Und wenn dir jemand sagt, dieses oder jenes sei divers, denkst du sofort, dass das alles perverse Typen sind!" – „Jetzt hör aber mal auf, mich dauernd in irgendeine Schublade zu stecken!"

Schweigend sitzen wir nebeneinander. Ich glaube genau zu bemerken, dass das Klischee mich überwacht, ob ich auf den Busen gucke. Ich tue es nicht. Wieso auch!

„Und wie ist es mit Schlägereien?" - „Wie jetzt? Sado-Maso?" – „War ja klar, dass du mir sofort, weil ich divers bin, eine abseitige sexuelle Neigung andichten willst."

Verloren rolle ich mit den Augen. „Wo kommt denn plötzlich diese Schlägerei her?" - „Du merkst schon, dass du gerade immer aggressiver wirst?" – „Entschuldige! Du provozierst mich in gewisser Weise!" – „Keine Frustrationstoleranz, was?" – „Jetzt reicht's aber langsam..“ – „Siehste!“

Ich versuche meine Stimme maximal unter Kontrolle zu halten, sehe das Klischee ruhig an und stelle fest: „Ich bin die Ruhe selbst. Und ich wüsste auch nicht, was ich mit einem Handgemenge – welcher Art auch immer – zu tun hätte.“

„Und was ist das?“ Das Klischee deutet auf meine Handyhülle, die ein Stück aus der Hosentasche ragt. Zu sehen ist das Emblem des örtlichen Bundesligisten. „Typisch Hooligan!“

Das ist ja völlig bescheuert! Es reicht mir, ich fordere die ultimative Konfrontation: „Jetzt sag mir doch mal so ganz gerade heraus, wer ich deiner Meinung nach bin! Was mich in irgendeiner Form kennzeichnet, um mich für diese oder jene Eigenschaft oder Charakterdisposition besonders zu empfehlen!“

Das Klischee setzt sich gerade hin, zieht das Kinn in die Höhe und beginnt zu dozieren: „Du bist nicht besonders, sondern ziemlich gewöhnlich. Du bist ein gedrungener, kleiner Mann mittleren Alters mit passablem, aber nicht überzubewertendem Bildungsabschluss. Deine Glatze bei gleichzeitig starker Körperbehaarung ist ein Hinweis auf einen hohen Testosteronspiegel, was in der Regel einhergeht mit gesteigertem Aggressionspotential, das durch den nicht befriedigten starken Sexualtrieb noch zusätzlich angefeuert wird. Die krampfhaft nach außen dargestellte Sympathie für den örtlichen Fußballverein zeigt ein naives Bedürfnis nach Integration in eine Gruppe und das Verlangen, am Erfolg anderer zu partizipieren – was gleichzeitig auf eine relative Erfolglosigkeit im Job und bei Frauen schließen lässt. Als Kompensation fährst du einen SUV, im Straßenverkehr bist du notorischer Drängler und zu-schnell-Fahrer; natürlich bist du Fleischesser, du kaufst Sylvester Unmengen von Böllern und schätzt hohen Bierkonsum – oder in aller Kürze: Du bist ein notgeiler, homophober Hooligan mit starkem Minderwertigkeitskomplex."

Jetzt platzt es aus mir heraus. Mit einem Ruck stehe ich auf und brülle so laut, dass die ganze Bahn erschrickt: „Mit euch Klischees ist es immer wieder dasselbe! Ihr sitzt da mit eurer blöden Nickelbrille, dieser bescheuerten Cordhose, wetterunabhängig immer im Trenchcoat, mit diesem vollidiotischen Karohut auf dem Kopf und dem grenzdebil hin- und herwackelnden Papagei auf der Schulter und flötet jedem, der es nicht hören will, mit sherlockmäßiger Attitüde eure Klischees in die Ohren! Jedem, der es nicht hören will, lallt ihr eure vorgefertigten Muster vor und jedes Wort, das man dagegen einwenden will, wird einem noch im Mund umgedreht. Aber das Schlimmste ist, dass es genug tumbe Deppen gibt, die genau auf diesen Mist, den ihr immer wieder verzapft, hereinfallen und die dann in irgendwelchen Dummdoofdaddel-Chats und auf Facebook genau diese dünnen, eindimensionalen Aussagesätzchen im Gestus allgemeiner Empörung publik machen, wo dieser geistige Dünnpfiff von anderen schwachmatigen Vollhonks geliked wird und für diese durch die digitale Vervielfältigung zu einer alternativen Wahrheit und Realität wird!"

Das Klischee sieht mich schweigend an. Damit hat es nicht gerechnet. Ich blicke mich um – einige Leute tun so, als sei nichts gewesen, einige wenige bedeuten mir mit ihrem Nicken Zustimmung, ein Kind fängt an zu weinen.

„Na, da bist du sprachlos!" Triumphierend setze ich mich wieder hin und schaue das Klischee und den Papagei an, der krächzt: „Vooorurteile! Alles Vooorurteile!" Ich bleibe cool.

„Und mehr fällt dir nicht mehr ein?", frage ich heiter. „Oder versuch doch einfach mal etwas zu sagen, womit jetzt wirklich keiner rechnen kann!"

Das Klischee verzieht den Mund zu einem kleinen Lächeln. Es beugt sich leicht zu mir vor, sieht mich verschwörerisch über seine Nickelbrille hinweg an und zieht eine Seite seines Trenchcoats auf und raunt mir verschwörerisch zu: „Hey du! Willst du ein B kaufen? B wie Busen!"

Auszug aus meinem unveröffentlichten Roman „Weiß wirft!" als bleibende Erinnerung an A. S., Urgestein aus der Kreisliga Bochum.

Stefan und Kalle sind die beiden Protagonisten, die regelmäßig das Spannungsverhältnis des Dreifachspagats *leistungsorientierter Sportler – trinkorientierter Discogänger – mensaorientierter Student* ausloten...

Stefan und Kalle:
Kreisliga, oh du meine Kreisliga...

..denn Ihr wisst ja: Grau ist alle Theorie...

"DIE ROSETTE!" Unter dem grauen, wasserschwangeren Himmel lag der Fußballplatz. Ein flutlichtloser Rasenacker mit zwei kleinen Senken aufgrund von Bergschäden. Zwei Mannschaften kickten um den Ball und hofften, dass der tranige Schiedsrichter, dessen Aktionsradius nicht viel weiter als der Mittelkreis ging, abpfeifen würde, bevor der unvermeidliche Regenguss seinen Applaus zu diesem Spiel spendet.

An der Seitenlinie tobte in einem zu großen Trainingsanzug der gastgebenden Vorstadt-Grashopper ein hutzeliger Mitfünfziger, die O-beinige Anatomie verriet den Ur-Fußballer, seine kurzen Arme fuchtelten wild, ein übertrieben brauner Teint wurde von einer Mähne struppigen, gelbweißen Haares noch grotesk gekrönt.

"Stefan! Volker! ROSETTE!!"

Hans-Dieter "Ditz" Konrad war einer der zahllosen

22

Urgesteine der Kreisliga, die reihum in den Vereinen der Region für ein paar Scheine den Chefcoach gaben. Wie immer hatte er schon bessere Tage erlebt; vor allem in den letzten Jahren kamen immer mehr junge Trainer - gar Spielertrainer - in Mode, die alle entweder Sportstudenten oder Streber irgendwelcher neuer DFB-Grundlehrgänge waren und von "Konzepten" faselten.

Ditz hatte sich natürlich in gewisser Weise anpassen müssen und fand es relativ interessant zu erfahren, dass man in der 2. Dekade des 21. Jahrhunderts auch in der Kreisliga ohne klassischen Libero spielen kann.

Sein Konzept - sein Markenkern - zumindest das, was er jeden Vereinschef Glauben machen wollte, war die *direkte Ansprache* (Ditz: "Das gab es schon immer. Neuerdings heißt das aber *Motivation.* " - *Neuerdings* brachte er diesen Spruch schon seit 15 Jahren).

Was Ditz wirklich einmalig machte, war sein grelles, unverwechselbares Äußeres und seine - für den nicht-Fußball-affinen Betrachter - slapstickreifen Einpeitschreden, mit denen er regelmäßig alternde Klubpräsidenten rumkriegte und Mannschaften - wenn nicht motiviert - dann zumindest amüsiert bekam.

"NEIN!! Ali - ROSETTE!" Die Auswechselspieler verkniffen sich das Lachen, die der Gegnermannschaft feixten hemmungslos.

Was war geschehen?

Germania war zu Gast. In diesem Jahr war dieser Verein dank eines Joint-Ventures zwischen Parkett-Weber (auch der Präsident), Autohaus Fuchs (Kassenwart) und Bernies Burger-Bar (Jugendwart) mit fünf teuren Neuzugängen verstärkt worden und damit DER Aufstiegs-aspirant Nr.1.

"Wir werden ihnen eine Nuss vorlegen, die sie nicht knacken können!" Schon die ganze Woche war Ditz elektrisch geladen - der ebenfalls neue (und junge) Trainer von Germania hatte ihn bei der Neubesetzung dieses lukrativen Postens ausgestochen.

"Was ist eine Rosette?" Es ist Anfang der Woche vor dem Spiel gegen Germania. Ditz spricht immer in einfachen Bildern; die Bilder, die seine Spieler bei diesem Satz vor Augen haben, kommen jedoch nicht aus dem Fußballmilieu, sondern aus dem Internet.
"Was ist das wichtigste Merkmal einer Rosette?" Ditz schaut in die Runde und macht ein Gesicht von überlegener Weisheit wie der Apostel Paulus bei der Gründung der Gemeinde in Korinth.
"Eine Rosette zieht sich zusammen und geht wieder auseinander!" Und dabei macht er mit den Fingern eine plastische Bewegung, indem er die Fingerspitzen zusammendrückt und wieder öffnet, als wenn es Blütenblätter einer Blume wären. Er lächelt. „Datt kennt ihr ja alle vom Kacken. Deshalb nehme ich auch immer so einfache Beispiele. Weil sich jeder sofort watt drunter vorstellen kann. Also: Datt schlimmste, was passieren kann bei gegnerischen Ballbesitz, ist, wenn die Rosette noch offen steht!" Ditz macht eine bedeutungsvolle Pause, seine Finger stehen jetzt geöffnet, sein Mund auch, er schaut in die Runde. Beim Sprechen bilden sich immer in seinen Mundwinkeln weiße Speichelablagerungen,

"Sprechkäse", wie Kalle es nennt, und das ist auch der Grund, warum die Spieler ihm gewöhnlich an den Lippen hängen: Nicht, weil sie seine Ansprache so bedeutungsvoll finden, sondern weil sie immer wieder fasziniert feststellen, wie dieser Sprechkäse mit jedem Satz anwächst um schließlich bei der plötzlichen Artikulation von betont vorgetragenen Schlüsselbegriffen in die Runde geschleudert wird. In diesem Fall gilt es wachsam zu sein und der Sprechkäsekanonade auszuweichen. "Rosette" ist in diesem Moment das Schlüsselwort; die dem Trainer am nächsten sitzenden Spieler ducken sich instinktiv.

"Wenn die Rosette noch offen is, gehn die da einfach durch, und schieben uns den Ball ganz unangenehm rein." Ditz macht dabei eine Bewegung mit dem Unterarm, als wenn er ihn durch einen Türspalt schieben wollte. Dabei setzt er ein grimmiges Mienenspiel auf, als hätte jemand eben diesen Arm im Türspalt eingeklemmt.

„War schon mal einer von euch beim Urologen?" Ditz prüft die Runde, hier und da zucken Pobacken unwillkürlich zusammen.

"Na, ein paar von euch wissen, watt ich meine, hehe! (kleines vereinezeltes Gelächter) Datt will keiner! Und deshalb werden wir uns die Woche ganz intensiv mit unserer Rosette beschäftigen! Das heißt: Wir machen datt Zentrum dicht, und zwar nicht mit einem defensiven 6er, nicht mit zwei 6ern, NEIN: drei defensive Mittelfeldpieler vor der Abwehrkette!! 4-3-2-1 spielen wir am Sonntag gegen Germania mit der Tannenbaumaufstellung!!" Bei „Aufstellung" fliegt ein Sprechkäseteilchen wie von der Wange abgeschnippt in Richtung der Spieler rechts von Ditz. Diese machen eine spontane Ausweichbewegung wie beim Völkerball. Währenddessen blickt Ditz wieder bedeutungsvoll. Er ist wieder der Apostel Paulus, der gerade die Einsegnungsworte gesprochen und das Brot gebrochen hat, um den verirrten Schäflein der Herde Halt und Richtung zu geben.

Und so wurde eifrig trainiert, Stefan gab den linken, Ali den rechten und Volker den zentralen defensiven Mittelfeldmann. Die ganze Woche wurde fleißig mit den zehn Feldspielern eine Tannenbaumformation eingeübt, die sich hin und her über das ganze Feld immer in Richtung Ball verschiebt mit dem einen, zentralen Augenmerk: der Rosette.

Im Spiel gegen Germania klappte das dann zunächst ganz gut. Die Grashoppers hatten zwar in dauernder Defensive verharrend nicht eine Torchance. Kalle hing vorne in der Spitze und war für eigene Anspiele unerreichbar wie die Spitze eines Berges bei Nebel. Wenn er sich zurückfallen ließ und tatsächlich mal den Ball bekam, war er vielbeinig umstellt und jedes Dribbling war im Ansatz erstickt. Einzig Ballabschirmen und Fallenlassen, um irgendwie einen Freistoß zu bekommen, war möglich, doch Kalle hatte an diesem Tag auch nur bedingt Lust dazu, den Schauspieler zu geben. Nachdem die zusammengekaufte Germania-Truppe vergebens versucht hatte, sich durch den Tannenwald der Grashoppers zu kombinieren, verlegten sie sich auf

Flanken und versuchten ihren bulligen Stürmer in Schussposition zu bekommen, doch die großen Innenverteidiger klärten jede flach, halbhoch, hoch, scharf geschossene Vorlage umgehend aus der Gefahrenzone. Hellwach waren jeweils Stefan, Ali und Volker, die nicht zuließen, dass die geklärten Bälle zum gefährlichen „zweiten Ball" wurden.

Halbzeit. 0:0.

Tiefes Schnaufen der Spieler, als sie sich in der Kabine auf die Bänke plumpsen lassen. Flaschen werden gereicht, Schultern geklopft, Wachsamkeit versprochen.

Ditz kommt in die Kabine gestürmt, die Augen geweitet wie nach einem Pfingsterlebnis. Im Mundwinkel lauert noch ein alter, halbtrockener Sprechkäserest, der noch aus der ersten Halbzeit übrig ist. Es gab während der ersten 45 Minuten nicht eine Sprechpause vom *Rosettenfürst*, wie er jetzt schon von den Ersatzspielern von Germania gehänselt wurde.

„Zuhören! Zuhören!", spricht er mit wedelnden Armen als gelte es, einem vorbeifahrenden Schiff von einer einsamen Insel aus ein Zeichen zu geben. Beim ersten „Zuhören" hatte sich wie erwartet der Sprechkäserest in seinem Mundwinkel in einer eleganten Pirouette Richtung Volker und Kalle kreiselnd in Bewegung gesetzt. Pikierte Ausweichmanöver hier, amüsierte Beobachtung dort – und Ditz hat sofort die volle Aufmerksamkeit, allerdings nicht wegen seiner Persönlichkeit oder der wedelnden Arme, sondern allein aufgrund der Spuckekanonaden, die es jetzt wieder sorgsam zu beobachten gilt.

„Passt auf! Die werden sich datt nicht gefallen lassen! Die sind böse! Die sind wütend! Und wer böse und wütend ist, macht Fehler!" Und bei „Fehler" ist er wieder der Apostel. Bei „Fehler" streckt er den Zeigefinger in die Höhe, sein Blick gleitet mit weit aufgerissenen Augen durch die Reihen der Spieler, die jetzt Jünger sind. „Die Fehler werden kommen, aber erst müssen wa noch nen bisksen Leiden!" Bei „Leiden" winkelt er beide Arme an und dreht die Handflächen nach oben, so dass er aussieht wie jemand, der einen Segen von oben empfängt. Dabei mustert er mit einem verbrämten Gesicht die Runde. Nun kommt also der Passionsteil.

„Die werden getz versuchen, durch viele Positionswechsel und Doppelpässe irgendwie ihre abschlussstarken Spieler in Position zu bringen. Das heißt (und hier kommt wieder Zeigefinger und Spucke zeitgleich in den Raum), unsere Rosette muss getz so richtig flexibel werden! Geschmeidige Rosette! Geschmeidig!" Und dabei pulsieren alle Finger seiner nebeneinandergehaltenen Hände, als gelte es, in einer selbsterfundenen Gebärdensprache das Öffnen und Schließen eines Kiemenatmers an Land zu erklären. „Geschmeidige Rosette! Das ist die Devise für die zweite Hälfte! Und wenn die sich dann 20, 30 Minuten abgemüht haben, dann fängst an!" Und hier macht er eine Fingerbewegung, als wenn man Münzgeld zählt und hat die Augen weit aufgerissen und lächelt wissend. Die Spieler wissen nicht genau, wie sie das zu interpretieren haben. Die Daumenfläche reibt weiter an der des Zeigefingers, Ditz registriert die fragenden Blicke. Genau das will er provozieren. Nun legt der Messias sein Gleichnis aus. Der Daumen reibt weiter. „Dann fängt's an zu rieseln. Das hört ersma gar keiner! Aber datt sieht man. Die Pässe werden ungenauer, die Geduld verschwindet, das Spielkonzept bröckelt und schließlich wollen es die Führungsspieler mit Einzelaktionen versuchen. In dem Moment, wo die anderen anfangen sich anzumotzen, das ist der Moment, wo das Spiel kippt! Und dann wirst du, Kalle, du wirst eine einzige Chance kriegen." Und hier macht Ditz eine Pause, zeigt auf Kalle und fixiert ihn, ein inzwischen wieder üppiger Sprechkäse neigte sich bedrohlich in seine Richtung. Kalle ist soviel Aufmerksamkeit und vor allem Verantwortung gar nicht Recht und noch viel mehr fürchtet er jetzt die nächste Intonation von Ditz, die unvermeidlich laut und betont sein würde. „Und dann knipste datt Dingen rein!" Bei „knipste" rieselt der Sprechkäse wie aus einem Zerstäuber über Kalle. Zehn andere Spieler reißen sich maximal zusammen. Ditz schickt ein erlöstes Lächeln in die Runde und klatscht in die Hände. „Also, auf geht's Jungs! Geschmeidige Rosette bis sie anfangen zu motzen! Dann gibt Kalle ihnen den Gnadenstoß und dann", und hier macht er eine süffisante Pause, „und dann trinken we uns ersma einen und können die Rosette mal ganz entspannt baumeln lassen."

In der zweiten Hälfte stellte der junge Germania-Trainer tatsächlich in der von Ditz prophezeiten Form um: Seine hochkarätigen Neuzugänge, bisher im dichten Zentrum des Spiels eingesetzt, wechselten nun häufiger auf Außenpositionen und im Nu gab es jede Menge Gefahr über die Flügel.

Doch das Spiel wurde schließlich durch das entschieden, was man *Spielglück* oder *Allerweltssituationen* nennt. Zunächst musste Volker, das Zentrum der Rosette, kurzfristig behandelt werden: Bei einer Ecke hatte er selbst den Ball aus dem Strafraum herausgeköpft, ein Germania-Spieler, der dort lauerte, nahm den Ball volley und schickte einen tückischen Aufsetzer Richtung Tor. Volker warf sich dazwischen, allerdings wurde er unangenehm getroffen.

Der auftickende Ball beschrieb eine gefürchtete Boden-Hoden-Flugbahn, Volker heulte auf und wurde am Seitenrand behandelt. Stefan und Ali zogen sofort beide rosettentechnisch nach innen und Stefan gelang es prompt in an der Mittellinie, einen Pass abzufangen. Doch er zögerte einen entscheidenden Moment, als er sich nicht sofort mit dem Ball bewegte oder ihn abspielte: Taifun Orkan, eingekauftes Sturmmonster von Germania, sprintete ihn von hinten an, spitzelte ihm den Ball weg und ging sofort, da Stefan noch versuchte, den Körper dazwischen zu stellen, theatralisch schreiend zu Boden. Der Schiri pfiff. Stefan warf die Arme hoch, Ditz empörte sich über den ganzen Platz, doch in seine speichelsprühende Tirade von Verwünschungen und Blindheit seitens des Spielleiters stand Taifun blitzschnell auf, stoppte den kullernden Ball mit der Hand und spielte ihn in die aufgelöste Schnittstelle zwischen Innen- und

Außenverteidiger auf den durchgestarteten Außenstürmer Branko Misic, ein ausgebuffter Endzwanziger mit Landesliga-Erfahrung.
Das war es. Die Rosette stand offen, jetzt waren die Grashoppers am Arsch. Misic zog in den Strafraum, der Torwart kam raus, ein präziser Querpass auf den mitgelaufenen zweiten Stürmer, der locker den Ball einnetzte.

Stefan beobachtete die ganze Szene mit diesem seltsam ohnmächtigen Vorahnungsgefühl, das man als Sportler hat, wenn man unbewusst weiß, dass jetzt etwas Entscheidendes passiert. Neben ihm ballte Taifun beide Fäuste und schob die Hüfte im Moment des Torschusses wie bei einem entscheidenden Begattungsversuch nach vorne. Dabei brüllte er tief-kehlig und brünstig wie ein Mammut beim Zeugungsakt.
In den folgenden Minuten sinnlosen Aufbäumens stand die Rosette von den Grashoppers offen wie bei einer Glaubersalzkur, Taifun machte locker zwei weitere Treffer, die er animalisch abfeierte der Schiri pfiff ab.
Hängende Köpfe hier, automatisches Abklatschen ob eines Pflichtsieges dort.
Derweil tigerte Ditz unheildrohend über den Platz, wie ein waidwunder Hirsch verbreitete er das Gefühl von Dolchstoßlegende und Justizirrtum, tuschelte unverständliches "Schiri - Schiebung - Sauerei"-Gefasel und „moralischer Sieger"-Statement, wobei er es tunlichst vermied, dem Gegnertrainer zu begegnen, dem er am Ende noch hätte gratulieren müssen.
"Man sieht sich im Leben immer zweimal!", grummelte

er zuletzt noch mürrisch in Richtung der Spielertraube am Mittelkreis, wo gerade Stefan Taifun sportlich die Hand gab. "Soll sich nicht so aufregen, der Alte. Oder hat der Schiri etwa seine Cousine gefickt?"

Stefan horcht auf. Diesen Spruch mit der Kopulation zwischen Verwandten hatte er zuletzt an der Wand des Uniklos gelesen. Er fragte: "Studierst du an der FH?"

Taifun guckte ihn an wie ein Auto: "Ja, wieso?"

Der Regen setzte ein.

Oh kommet her,
die ihr quer
und beladen seid...

Ein Beitrag zur Freiheitsdebatte mit beklemmendem Wirklichkeitsbezug in pandemischen Krisenzeiten - oder: Wissen Sie noch, was in den 80ern unter anderem die Gemüter erregte?

Alptraum Gurtpflicht

Letztens gab es doch dieses neue Gesetz, dass man zum Zwecke des Eigenschutzes beim Autofahren einen Gurt anlegen muss – hat man da noch Worte?

Eine schwarze Dauerschärpe nebst Beckengurt soll also demnächst in losem Aufliegen meine Fahrten begleiten, angeblich merke man nach kurzer Zeit überhaupt nicht mehr den subtilen Dauerdruck, der durch den sanften Zug des Rückholers ausgeübt werde; allein in Momenten ruckartigen Ziehens würde der Gurtstraffer zuschnappen und den Körper vor dem unvermeidbaren Wirken der Trägheit schützen...

Jetzt mal bitte die Pferdestärken im Stall lassen: Zunächst bedarf es doch einer sachlichen Analyse, was diese vom Staat vorgeschriebene Selbstfesselung wünschenswerterweise bewirken soll? – Man verspricht sich einen drastischen Rückgang schwerer, schwerster und sogar tödlicher Verletzungen. Experten rechnen mit mehreren tausend Toten, die es nicht gäbe.

Da sollte doch jeder Otto-Normal-Autofahrer mal seinen Texas-Instruments-Taschenrechner herausholen und einen kleinen Dreisatz aufstellen: Gehen wir mal großzügig von 6.000 Toten p.A. aus – was ja eine beträchtliche Zahl ist! – und setzen sie ins Verhältnis zu der Gesamtzahl der Verkehrsteilnehmer – nämlich im Laufe eines Jahres im Grunde genommen jeder Bundesbürger – also 80.000.000 – so ist die verhinderbare Letalquote 0,0075%!

Und bei dieser wirklich imposanten Zahl sind folgende Parameter doch noch gar nicht berücksichtigt:

1.) Die Zahl 6.000 erscheint bei allem Wohlwollen doch viel zu hoch gegriffen! Haben sie sich mal Autowracks nach Verkehrsunfällen angesehen? Komplett eingedrückte Dächer, zusammengeknautschte Karosserien, bei denen der Motorblock komplett in die Fahrerkabine gedrückt wurde, auseinandergerissene Fahrzeuge über einen halben Hektar verteilt – da wirkt ein Gurt eher wie eine makabre Trauerschärpe.

2.) Der Gurt kann vor allem gefährlich sein! Nicht von der Hand zu weisen sind doch Szenarien, in denen ein klemmender Gurt ein Verlassen des Fahrzeuges nach einem Unfall verhindert! Noch gar nicht ausreichend wissenschaftlich untersucht sind die unmittelbaren und mittelbaren Folgen eines Schleudertraumas, ausgelöst durch einen wild umherschüttelnden Kopf, der an dem fixierten Körper hin- und hergeschleudert wird! Oder hat schon mal jemand darüber nachgedacht, den Zusammenhang von gurtbedingtem Dauerdruck auf die Blase und eventueller Prostatakrebsgefahr zu hinterfragen? Bräuchte es hier nicht umfangreicher Langzeitstudien? Und erhöht so ein Gurt nicht auf fatale Weise das subjektive Sicherheitsgefühl und fordert zu riskantem und unangepassten Fahren geradezu heraus?!

3.) Völlig außer Acht gelassen wird, was der Gurt und der mit ihm verbundene Dauerdruck psychisch mit uns machen! Der Gurt ist doch der physisch erfahrbar gemachte Disstress in unserer kapitalistischen Industriegesellschaft! Das ständige Gefühl der Eingeengtheit, Determination und Beklemmung! Bei Frauen wirkt der aufdringliche Gurt wie eine sexuelle Dauernötigung! All diese Umstände führen unweigerlich zu schweren psychischen Schäden! Und wie werden erst UNSERE KINDER mit dieser Form staatlich verordneter Zwangsfesselung umgehen??

Daher müssen wir feststellen, dass die angestrebte Gurtpflicht nur einer einzigen Sache dient: Der Gurt ist vor allem eine übergriffige Handlung des Staates gegen freie Bürger! Er ist ein erster Testballon in einer von politischen Machtcliquen initiierten Kampagne, die die systematische Entmündigung des einfachen Bürgers und seiner demokratischen Rechte betreibt. Interessant ist in diesem Zusammenhang, dass sämtliche „freien" Medien anscheinend schon längst stille Teilhaber dieser Verschwörung sind und das Narrativ vom sicheren Gurt auf allen Kanälen propagieren. Es vergeht keine Woche, in der in diesen ominösen Sondersendungen nicht irgendeiner dieser Lobbyisten, sei es vom ADAC, vom TüV Rheinland, von Unfallmedizinern oder Sprecher von Krankenkassen uns mit angeblich wissenschaftlichen

Studien von der Wichtigkeit und Notwendigkeit des Gurts zu überzeugen suchen. Sollen nicht die immer gleichen Aufnahmen aus Ambulanzen und Not-OP-Sälen ein notwendiges Eingreifen des Staates suggerieren? Und was ist all diesen so eloquent und nett aussehenden „Experten" und gezielt rührselig inszenierten OP-Schwestern gemein?

1.) Sie alle bilden gemeinsam einen unsichtbaren Meinungskorridor um uns!

2.) Sie verfolgen gemeinsam mit der Regierung das große volkspsychologische Programm der ANGST!

Ihnen kommt einzig und allein die Rolle zu, uns Angst zu machen! Denn wer Angst hat, ist gefügig, und wer gefügig ist, der stimmt zu. Erst zur Gurtpflicht, dann zum Airbag und schließlich am Ende zum Ermächtigungsgesetz.

Aber nicht mit uns! Wir haben aus der Geschichte gelernt! Wir haben keine Angst!

Daher stehe ich heute hier und gebe der ganzen Welt zu Protokoll – und jeder, der mir in Teilen oder komplett zustimmt, möge seine Stimme erheben, mir ein Like geben und auf jeden Fall zur nächsten Demo gehen – DENN SEINE MEINUNG DARF MAN IN DIESER MEINUNGSDIKTATUR JA WOHL NOCH SAGEN!!

Ich fahre seit 20 Jahren völlig angstfrei Auto!

Ich bezweifle bei nüchterner Betrachtung, dass überhaupt Menschen durch Gurte gerettet werden können!

Ich verlange als freier Mensch, selbst darüber entscheiden zu können, ob *ich* einen Gurt brauche oder nicht!

Ich bin für Toleranz! Daher sollen doch alle, die nicht so gut Auto fahren können wie *ich* und nicht so viel Stützkraft in den Armen haben und sich von der regierungsgesteuerten Angst haben anstecken lassen- all die sollen meinetwegen einen Gurt anlegen!

Und was die Risikogruppen angeht: Diejenigen, die sich im Straßenverkehr für gefährdet halten, sollten diesen dann logischerweise konsequent meiden!

Dann ist auch mehr Platz für *mich* und *meine* Freiheit!

Die folgende Kurzgeschichte ist aus meinem ersten Roman **Money Talk** (2020). Dort ist Dimi, ein in Geldnot geratener griechischer Autor dazu „verdammt", für seinen Freund und erfolgreichen Comedian Pita recht flache Bühnenprogramme zu schreiben – in Wirklichkeit sehnt er sich jedoch danach, anspruchsvolle Kabaretttexte und höhere Literatur zu verfassen. Zwischen dem Ringen um schlichte Zoten sucht Dimi daher immer wieder Zuflucht in eigenen Texten mit Tiefgang – diese Geschichte ist eine davon:

Teufel auf Urlaub

Der Teufel hatte endlich mal wieder zwei Tage Urlaub ausgehandelt. Das war auch kein Problem, denn bei den Menschen lief so vieles schief, dass er es nicht nötig hatte, einen peniblen Arbeitsnachweis beim Chef einzureichen.

„Na, mal wieder ein bisschen die Seele baumeln lassen?" Gott war wie immer zu kleinen Scherzen aufgelegt, der Teufel hingegen kam schon seit Jahrhunderten mit demselben ermatteten Gesichtsausdruck aus. „Ja, ja", rang er sich ein müdes Lächeln ab, denn man ist ja höflich zu seinen Vorgesetzten.

Für diesen Urlaub hatte er sich aber nicht vorgenommen, einfach mal auszuspannen, mal Fünfe gerade sein zu lassen oder sich auf Teufel komm raus abzufüllen (noch so eine Standardbemerkung von Gott), sondern er wollte rebellieren: Er wollte etwas Gutes tun! Denn er hatte es satt, immer als Anstifter, böser Flüsterer und Verführer unterwegs zu sein, um die tumben, einfältigen Menschen ins Elend zu treiben.

Heute Abend wollte er mal zu den anderen gehören und der sein, der die Gebrochenen und Verelendeten aufrichtet und auf eine neue, stabile Bahn ihres in einer Sackgasse steckenden Lebens stellt. Er wollte Hoffnung geben, Zukunft gestalten.

Zu diesem Zweck hatte er den drei größten Loosern der Stadt, die er in den vergangenen Jahren zuverlässig in private Insolvenzen geschickt hatte, extra für sie konzipierte Emails zukommen lassen mit dem Versprechen, dass sie sich in einer einzigen Nacht von all ihren finanziellen Verbindlichkeiten würden freimachen können.

„Komm mit 1000 Dollar zum Pokerabend in die Haifischbar – wir verdoppeln deinen Einsatz und du kannst sofort gehen, wenn die ersten 1000 verloren sind!"

Der Teufel wusste, dass die Angeschriebenen nicht würden widerstehen können. Er wusste auch, dass jeder von ihnen sich irgendwie 1000 Dollar Startkapital leihen konnte und so trafen sie an diesem Abend in der Haifischbar ein.

Frank war ein gescheiterter Mathematiklehrer. Als großer Fan der Stochastik glaubte er, anhand von komplexesten Ablaufkodes und Algorithmenberechnungen sein Wissen gewinnbringend an einem Roulettisch anwenden zu können. Leider war sein Stolz und seine Beharrlichkeit dann doch größer als alle notwendige wissenschaftliche Skepsis, vor allem nachdem sämtliche Ersparnisse schon aufgebraucht und auch der Dispositionskredit maximal beansprucht waren

– und so gedachte er sich mit seiner unschlagbaren Logik zunächst im von ihm im Grunde genommen völlig verachteten Börsensegments des Neuen Marktes finanziell zu erholen, um sich danach mit den dann gewonnen finanziellen Mitteln erneut an den Roulettetisch zu stürzen, wo sich letztendlich seine Berechnungen in klingende Münze verwandeln mussten! Am Ende stand er da mit drei weiteren Krediten, die er an der Börse versenkt hatte.

Anlässlich einer Studienfahrt hatte er sich dann auch noch sämtliche Beiträge der Schüler, die die Fahrtkosten auf sein Konto eingezahlt hatten, ausgeliehen. Die waren dann auch nicht mehr da. Und er nicht mehr Lehrer.

Sue hatte schon immer eine Stärke für kreative Geschäftsideen und eine Schwäche für genau die Art von materiellen Dingen, mit denen ein gewisses Sozialprestige verbunden war.

Sie war Geschäftsführerin einer Filiale einer großen Bekleidungsfirma und schaffte es immer wieder mit raffinierten Einfällen und überraschenden Events eine Aura des Besonderen in ihre Filiale und auch um sich selbst zu kreieren.

„Mitternachtsshopping Deluxe“ war so ein Event: Die neuen Kollektionen wurden begleitet von Streichquintett und Fischhäppchen vorgestellt; für die Präsentation der Bademode konnte sie die Wasserballmannschaft der Herren und die Volleyballerinnen des Ortes gewinnen, am *Young and Style-Tag* wurde ein kleiner Skater-Funpark

und eine Bühne vor der Filiale aufgebaut: Die angesagtesten Skater und Jugendbands der Stadt wurden klamottentechnisch ausstaffiert, traten auf und gaben Interviews.

Sie selbst fand diese ganze Aufmerksamkeit, die auch zum Teil auf sie traf, sehr angenehm und war der Überzeugung, dass sie sich auch entsprechend präsentieren müsste: Das Mercedes-Coupé-Cabriolet konnte sie einfach leasen, eine größere Wohnung ließ sich bequem über eine Finanzierung realisieren. In dieser Wohnung bedurfte es jedoch auch entsprechender Details – und sie kaufte sich dann auch nie die einfache, sondern immer von den Markenartikeln auch noch die bessere oder beste Version: Boxspringbett, Couchlandschaft, Flachbild-TV, Thermomix, Kaffee-Espresso-Maschine, Einbauschränke - alles musste sein. Und alles ging ja auf Ratenkauf und viele Accessoires erstand sie in den Kaufhäusern nebenan – da man sich kennt, gibt's untereinander Mitarbeiterrabatt!!

Parallel frönte sie einer fatalen Leidenschaft: Schon immer ging sie – auch wegen des exklusiven Umfeldes, in dem sie dann gesehen wurde - auf die Pferderenn-bahn.

Das Ende vom Lied ist klar: Die laufenden Kosten stiegen ihr über den Kopf, für den Mercedes war am Ende des Leasingvertrages aufgrund mehrerer Macken und zu vieler Kilometer eine Nachzahlung von 6.000 Dollar fällig, schließlich griff sie in den Firmentresor...

Harold war ein trockener, stocksteifer Banker. Die berufliche Beschäftigung mit Geld, der tägliche intensive haptische Umgang mit mehreren 10.000 Dollar pro Tag – denn er war einfacher Schalterbediensteter – veränderten jedoch sein Wesen: Der notorische Junggeselle hockte den Rest des Tages vorm Computer und surfte und klickte, und das dann einmal zuviel: Super-Slotgames.com bot ihm 100 Dollar „Spielgeld" an und aus dem Spielgeld wurde dann schnell echtes Geld – nämlich seins.

Über zwei Jahre befeuerten die Algorithmen des Programms immer wieder aufs neue die Vorsicht, Skepsis und immer größer werdende Verzweiflung, bis er sich in einer insolventen Wirtschaftssituation wiederfand, und die Werbefenster, die während seiner Spiele aufflackerten, orientierten sich zuverlässig an seinem sonstigen Surfverhalten: Liefer- und Pizzadienste, Schmuddelseiten mit Doppel-D-Damen, günstigere Apartments und schließlich immer öfter „Geld-sofort!!". Und so klickte er sich in der digitalen Welt munter in den analogen Bankrott.

Voller Demut und aufrichtiger Reue offenbarte er schließlich sein Problem seinem Arbeitgeber, denn er meinte richtigerweise, dass ein Schalterangestellter mit hohen Kreditschulden eventuell als Risiko eingestuft werden könnte. Voller Dank begegnete die Bank seinem Vertrauen mit einem Maximum an Verständnis und einem am Minimum orientierten Auflösungsvertrag.

Die Abstandssumme, die man ihm zudachte, war lächerlich im Vergleich zu den 15 Jahren, die er bereits für die Bank arbeitete, doch man vertraute darauf, dass jemand in seiner prekären Situation nur schwerlich den Weg zu einem teuren Anwalt finden würde. Und so fand Harold leider wieder nur den Weg zu Super-Slotgames.com, denn just an diesem Tag, an dem er gefeuert wurde, feierte das prosperierende Internet-unternehmen seinen fünften Geburtstag mit fünf Tagen „Half-And-Double"!! Jeder Einsatz wurde halbiert, wenn man verlor, jedoch verdoppelt, wenn man gewann. Und so brachte er seine gesamte Abfindung an nur drei Tagen und Nächten durch.

Diese drei Oberloser fanden sich nun am arbeitsfreien Wochenende des Teufels in jener örtlichen Altstadtkneipe, der Haifischbar, ein. Eher unsicher betraten sie über vier kleine Stufen abwärts die spärlich beleuchtete Bar, deren hellste Stelle die längs zum Eingang verlaufende Theke darstellte. Der Teufel hockte an einer Bloody Mary nuckelnd als einziger am Tresen, auf der anderen Seite in einer kleinen Ecke starrten einige Faktotums der Stadt auf ihre eher leeren als vollen Gläser, die Musik spielte *After Dark* von Tito and Tarantula.

Jeder der Eintretenden ging unsicher zur Theke, um eine Frage an den Barkeeper zu richten, der wie alle Barkeeper immer mit irgendetwas beschäftigt war, was es erforderte, unsicheren Neuankömmlingen den Rücken zuzudrehen.

Alle drei verharrten an derselben Stelle an der Bar – etwa zwei Stühle Abstand zum Teufel und auf eine

Gelegenheit wartend, an der man den Barkeeper hätte ansprechen können. Und jedes Mal kam der Teufel zuvor. „Harold?", fragte er Harold, der sich erschreckt umwandte und den Typen in diesem engen, rot-schwarz gemusterten Seidenhemd ansah. „Ich habe dich zu der Pokerrunde eingeladen. Ich bin Max!"
Und er schüttelte ihm die Hand und nahm ihn mit zu einem Raum, der sich am Ende der Theke hinter einer Tür mit der Aufschrift „Privat" befand. In einem netten Licht standen hier vier Stühle um einen sauberen Tisch herum, darauf ein Stapel Karten, in der Ecke des Raumes eine kleine Minibar mit Getränken und Snacks. Genauso verfuhr er mit Frank und Sue. Sue fand ihn von Anfang an äußerst attraktiv, wenn nicht sogar erregend! – aber das wusste er schon vorher.

„Schön, dass ihr alle gekommen seid.", begann der Teufel. „Ich möchte zunächst das Prozedere und die Spielregeln bekannt geben." Seine Stimme war angenehm sonor, die Aussprache glasklar und die Lautstärke so gewählt, dass er gut verständlich, jedoch nicht zu oberlehrerhaft erschien. Durch seine Wortwahl, seine freundlichen Blicke und ein nicht aufgesetztes, sondern ehrliches Lächeln schuf er im Nu eine angenehme Atmosphäre.
Sue sah ihn an: Diese klaren, ins mexikanisch oder spanische gehenden Gesichtszüge mit diesen dunklen Augen, einer schmalen aber markanten Nase, glatte braune Haut mit einem Kinnbart, gepflegte, volle schwarze Haare mit einer leichten Naturkrause.

‚Wahrscheinlich ist er auch Rockmusiker', dachte sie. Ihr Blick ging weiter an ihm herab, das sehr eng anliegende Seidenhemd spannte sich über einen schlanken und doch sehnig-muskulösen Oberkörper, die ersten beiden Knöpfe waren offen und zeigten den leicht behaarten Ansatz seiner Brustmuskeln, an einem Lederband, das er um den Hals trug, ein Amulett mit einem Pentagramm. Die Ärmel seines Hemdes hatte er einmal umgeschlagen: Am linken Handgelenk trug er eine analoge Uhr, die die Ausläufer einer Tätowierung überdeckte.

Am anderen Handgelenk waren mehrere dünne Lederriemen und bunte Bändchen, wahrscheinlich von irgendwelchen Festivals. Seine Hände und Finger waren gepflegt und schlank und umfassten geschmeidig die Karten, die er während seines Vortrags unentwegt und elegant bewegte und grazil durchmischte. Diese Finger konnten wahrscheinlich genauso gut über Gitarrensaiten gleiten oder über Klaviertasten fliegen oder noch besser sie an den Stellen berühren, an denen sie es gerne hatte.

Ihr Atem ging schwerer. ‚Er fickt wahrscheinlich wie der Teufel', dachte sie, und genau in diesem Moment zwinkerte Max ihr lächelnd wissend zu, sodass sie sich ertappt fühlte. Nur kurz blickte sie verlegen weg, um ihm danach einen feurigen Blick mit einem diabolischen Lächeln zu schenken. Er zwinkerte zurück.

Dann wurde Max wieder förmlicher: „Wie angekündigt spielen wir *Texas Hold'em*. Der *Stack* pro Spieler beträgt

1000 Dollar. Diesen *Stack* erhaltet ihr von der Bank, sobald ihr die 1000 Dollar, die ihr als Eigenanteil mitbringen solltet, an mich übergeben habt. Eure 1000 Dollar lege ich für jeden sichtbar hier neben mich. Sobald einer von euch die 1000 Dollar *Stack* aufgebraucht hat, könnt ihr ohne weiteres sofort aufstehen, eure 1000 Dollar Grundeinsatz hier wegnehmen und ohne irgendwelche Verbindlichkeiten oder Konsequenzen den Raum verlassen. Während des gesamten Spiels kann jeder von euch zu jedem Zeitpunkt mit dem Betrag, der momentan vor euch liegt, aufstehen und rausgehen, ohne den anderen Spielern in irgendeiner Art und Weise Rechenschaft schuldig zu sein. Ausdrücklich ist es untersagt, Mitspieler zu weiterem Spielen zu animieren, ihnen vielleicht mit Krediten ein Weiterspielen zu ermöglichen oder den Ausstieg eines Spielers in irgendeiner Weise zu kommentieren.

Der *Ante* beträgt 10 Dollar, der *Blind* 20 Dollar. Wir spielen mit *Pot Limit*. Wir geben im Uhrzeigersinn den Dealer, der Dealer spielt natürlich nicht mit. Fragen?"

Niemand hatte eine Frage, denn der Teufel hatte schon vorher dafür gesorgt, dass jeder sich die paar Regeln für den Tag draufschaffte- zudem wollte sich auch niemand von diesen Poker-Greenhorns als Poker-Greenhorn outen.

„Dann bitte ich um eure 1000 Dollar." Sue, Frank und Harold griffen jeweils in ihre Taschen und holten ein Bündel Scheine hervor. Der Teufel, Max, nahm jedes entgegen, fächerte es kurz und gewandt mit dem

Daumen durch und legte es akkurat zu seiner linken Seite des Tisches. Nachdem die drei 1000-Dollar-Häufchen nebeneinander aufgestapelt waren, zog der Teufel aus einer kaum sichtbaren Brusttasche seines Hemdes ein Bündel Scheine – 10er, 20er, 50er - hervor und reichte sie zunächst Sue. Alle waren überrascht, dass dort auf diesem von Schwarz- und Rottönen gemusterten Hemdes überhaupt eine Brusttasche war, zudem eine, in der sich ein Bündel Geldscheine verbarg. Umso erstaunter waren sie, als er drei weitere Bündel – eines für Frank, eines für Harold und eines für seinen eigenen *Stack* aus der Tasche zauberte. Harold musterte die Geldscheine, die ihm gegeben wurden, mit berufsbedingter Routine: völlig unterschiedliche Seriennummern, Prüfzeichen, Erhabenheit des Drucks, Banknoten unterschiedlichen Gebrauchsgrades und alle mit dem gleichmäßigen, bekannten und beständigen Geruch des Geldes – es waren echte Dollars.

„So lasst uns beginnen!" Max breitete die 52 Karten in einer langen graden Reihe in der Tischmitte aus. „Die niedrigste Karte ist zuerst der *Dealer.*", sprachs und Frank zog eine Pik 2. Die ersten Runden verliefen unspektakulär: Max sorgte für abwechselnde Gewinne und kleine Verluste, in der ersten aufregenden Runde hatten sich Harold und Sue gegenseitig hochgetrieben und der *Pot* hatte 480 Dollar – die fünf aufgedeckten Karten in der Mitte zeigten Herz 4, 5 und 6, dazu Kreuz Dame und Karo König. Am Tisch hatte es den Anschein, als wenn die beiden verbliebenen Spieler mit ihren zwei zugedeckten Karten der *Starthand* jeweils auf einen *Herz-Flush* gehen würden. Tatsächlich blufften beide, und beide durchschauten sich gegenseitig und beide hatten nur einen weiteren König und eine Dame, sodass beide zwei Pärchen hatten und es zu einem schiedlich-friedlichen *Split-Pot* kam.

In einer weiteren Runde bescherte der Teufel Harold einen *Full House*. Sue und Frank waren früh raus, der Teufel ging *All-In* – und verlor. „Du armer Teufel!", flötete Harold, er hatte nun mit über 1700 Dollar den größten *Stack*. „Tja, der Teufel scheißt immer auf den dicksten Haufen!", fügte Harold mit Blick auf seine jetzt sehr üppigen Geldvorräte hinzu.

Max blieb gelassen: Wer über 5000 Jahre alt ist, muss zwangsläufig eine hervorragende Verdauung haben.

Nun ja, alle dachten, nachdem das Spiel angefangen hatte, dass man mit maximal 7.000 Dollar aus diesem Raum würde gehen können, das war nämlich die auf dem Tisch für alle sichtbare Gesamtsumme.

Aber natürlich nur, wenn alles für einen selbst optimal laufen und jeder der anderen bis zum letzten Hemd spielen würde. Der Gewinn würde dann reichen, um die nächste Woche oder auch zwei zu bestreiten, um die kleineren Beträge, die man sich inzwischen von Nachbarn, Verwandten und Freunden geliehen hatte zurückzuzahlen, (um nicht auch dort noch schlecht beleumundet zu sein), doch von einer wie in der Ankündigungsmail des Teufels versprochenen „*einzigartigen Chance*" war das alles so weit entfernt wie die nächste Meisterschaft für die Dallas Mavericks ohne

Nowitzki.

In diese Gedankenspiele aller fuhr der Antrag von Max, der ja eigentlich seinen *Stack* verspielt hatte: „Ich würde die Mitspieler um etwas bitten: Wäre es möglich, dass ich mit einem neuen *Stack* weiterspiele?"

In diesem Moment ging ein Ruck durch den Raum. Es waren also mehr als diese lausigen 7.000 Dollar möglich, vielleicht sogar insgesamt 10.000, vielleicht sogar noch mehr!

Nachdem niemand erwartbar einen Einwand zeigte, zog Max wieder aus seiner eigentlich kaum vorhandenen Brusttasche ein wesentlich üppigeres Bündel an Scheinen hervor – dieses Bündel war doch beinahe so dick wie die Wölbung seines Brustmuskels selbst! - doch das Hemd saß wie schon den gesamten Abend straff und makellos auf seinem Körper. Es folgte ein zweites, ebenso großes Bündel! Dann sogar ein drittes!! „Dies sind 30.000 Dollar." Er legte die Bündel auf seine rechte Seite, auf der linken waren die drei 1.000-Dollar-Bündel Grundeinsatz, mickrig und klein machten sie sich im Vergleich mit den Bündeln von 50- und 100-Dollar-Noten aus, die nun auf dem Tisch lagen. „Wenn ihr mir erlaubt, würde ich mir einen *Stack* von - sagen wir mal - 3.000 Dollar ausbitten?"

Max zählte aus einem der Bündel die Scheine ab, Frank schlug vor: „Du kannst meinetwegen auch 5.000 Dollar nehmen." – „Oder 10!", erhöhte Harold. „Nimm doch alles!", hauchte Sue, ihre Augen blitzen ihn an, aber inzwischen auch das Geld.

Dieser Augenblick, in dem der Teufel die neuen

Geldbündel aus der Tasche zog, wirkte wie ein Funken in einem ausgetrockneten Fichtenwald. Die Stimmung im Raum veränderte sich: Angespanntheit, Lauern, jetzt war es ein ordentlicher fünfstelliger Betrag, den man hier mitnehmen konnte. Jeder kauerte auf seinem Stuhl wie ein testosterongedopter 100m-Läufer im Startblock, wie ein Rudel Löwen kurz vor der Fütterung. Der Teufel wusste geschickt die Atmosphäre zu lenken, sodass die Angespanntheit nicht in Feindseligkeiten oder gar Aggression umschlug. Jeder wollte, jeder *musste* gewinnen – und jeder gewann.

Schnell waren die 30.000 geschickt verloren, als Max erneut Bündel um Bündel aus seiner Zauberbrusttasche zog...

Nach acht Stunden pokern hatte er schließlich sein Ziel erreicht – bald würde er wieder arbeiten müssen. Er hatte dermaßen gekonnt verloren, dass jeder Mitspieler exakt die Summe gewonnen hatte, mit der er bzw. sie verschuldet waren. Mehr noch: Darüber hinaus hatte er allen als eine Art „Startkapital" noch 10.000 Dollar pro Nase obendrauf zugeschachert.

Er wurde pathetisch, sah er sich doch jetzt am Ziel seines Vorhabens: „Liebe Mitspieler. Es ist jetzt der Zeitpunkt gekommen, wo auch meine Taschen leer sind." Er lächelte in die Runde, alle waren aufgedreht und heiter. „Wenn ich mich so umschaue, bin ich zwar heute von euch ziemlich hart aber fair drangenommen worden, jedoch wird mein Verlust durch die Tatsache vergolten, dass ihr alle heute einen perfekten Abend hattet und – so glaube ich – mit einem richtig guten Gefühl aus diesem Raum herausgehen könnt. Ich würde mich freuen, wenn ich euch noch an der Bar einen Absacker spendieren darf, damit sich die Spannung, die wir jetzt all die Stunden gemeinsam durchlebt haben, in Entspannung wandelt und wir zufrieden unserer Wege gehen können."

Max, der Teufel, war erschöpft aber gleichzeitig gerührt von sich selbst, weil sein Unterfangen so glücklich von der Hand gegangen war, er fühlte sich selig und ein bisschen wie ein Heiliger und ließ den weiteren Abend im Geiste ablaufen: Er würde mit allen an die Bar gehen, Harold auf die Schulter klopfen und ihm einen todsicheren Aktientipp geben, mit Frank einen richtig guten und alten Whiskey trinken und ihm eine nette Dame zuführen und Sue würde er die ganze Nacht über zu Diensten sein und dabei nicht – wie er es sonst in seinem Job musste – nur an sich denken.

Doch niemand am Tisch hatte die ernsthafte Absicht, jetzt mit dem gewonnenen Geld alle Schulden auf einmal zu tilgen und mit einem guten Startkapital ein neues Leben anzufangen.

Alle dachten, dass es schon mit dem Teufel zugehen müsste, wenn diese Gewinnsträhne sich heute noch drehen würde.

„Max, sorry, dass du raus bist, aber ich würde vorschlagen, du bestellst dir schon mal was. Ich glaube, wir machen noch ein, zwei Runden, dann kommen wir nach.", sagte Harold, und er hatte es noch am vorsichtigsten formuliert.

„Wenn man einen Run hat, hat man einen Run!" Sue war wie verwandelt. Keine heißen Blicke mehr, keine lüsternen Gedanken. Sie starrte auf Franks Haufen, der eine winzige Nuance größer war als ihrer – nun ja, er hatte ja auch ein klitzebisschen mehr Schulden – und sagte trocken zum Teufel: „Reisende soll man nicht aufhalten!" Ihr Blick – zuvor voll von heißer Leidenschaft – war nur noch kalte Gier.

„Ein paar Runden sind doch absolut noch drin!" Frank raste. „Ich schlage vor, wir erhöhen die Einsätze: *Ante* bei 1.000 Dollar, *Blind* bei 2000,-, kein *Limit* mehr!" Schwer atmend und mit verzerrten Gesichtern, die an Raserei und Irrsinn erinnerten, warfen die anderen beiden nun sämtliche Hemmungen ab und stimmten kämpferisch zu, griffen in ihre Geldhaufen und schmissen wie bei einer achtlosen Fütterung den Grundeinsatz in die Mitte.

Max stand mit einer halben Handbewegung schweigend auf. Müde und enttäuscht schlurfte der Teufel durch die Tür zur Kneipe, aus den Boxen dröhnte *Ace of Spades* von Motörhead, die ersten Sonnenstrahlen des neuen Sommer-morgens tippten auf die abgeschabten Parkett-dielen vor der Bar.

Er ging an der Theke entlang, nahm aus seiner engen Brusttasche zwei Hundert-Dollar-Scheine und legte sie neben seinen Deckel, auf dem sechs Dollar vermerkt waren. „Stimmt so!"

„Alter, Danke!", stutzte der Barkeeper und fragte

scherzhaft: „Haste etwa 'ne Druckerpresse dafür?" –
„Ts!", der Teufel seufzte sarkastisch und murmelte im
Hinausgehen: „Ich hab' den Scheiß erfunden. Und seit-
dem braucht ihr mich eigentlich gar nicht mehr."

Die folgende Geschichte ist ein weiterer Teil meines ersten unveröffentlichten Romans „Weiß wirft!". Hauptprotagonist dieser Episode ist der spießige Vermieter von Stefan, dessen Schicksal schließlich von der Wahrheit besiegelt wird...

Stefan und Kalle: BUMM

"Liebe Nachbarn, am kommenden Samstagvormittag kann es etwas lauter werden: Ich muss unvorhergesehen die Betonwanne unseres Komposthaufens demontieren, und leider wird dies nicht geräuscharm möglich sein. Ich bitte um euer Verständnis: Um 10 Uhr fange ich an, spätestens um 11 sollte es wieder ruhig sein. MfG Willi (Büscher)"

Stefan beantwortete den Zettel, den er im Briefkasten fand, mit einem "Muss-das-sein"-Seufzer. Am Samstagmorgen also, nach dem Discoabend, auf den sich so viele seiner Gedanken und seine komplette Phantasie fokussiert hatten. Genau an diesem Samstagmorgen, an dem er an mit Sicherheit grenzender Wahrscheinlichkeit entweder völlig verkatert und desillusioniert oder entrückt immer-noch-besoffen und verklärt verliebt sein würde – genau an diesem Samstagmorgen musste sein Vermieter ein Projekt mit Gerätebeteiligung umsetzen.

Wilhelm Büscher war es äußerst unangenehm gewesen, die Nachbarschaft, zu der er ein gutes Verhältnis pflegte, darüber zu informieren. Nicht, dass er glaubte, dass jemand an dem Höllenlärm, der zu erwarten war, Anstoß nehmen würde. Es war eher die Tatsache, dass er es grundsätzlich vermied, irgendwie Aufmerksamkeit zu erregen oder im Fokus zu stehen. Als Finanzbeamter a.

D., der er war, verschwand er am liebsten in der Masse, hielt sich gerne dezent zurück, suchte sich im Verein oder früher bei Abteilungsversammlungen immer einen Platz hinten - nahe der Tür oder anderen Fluchtmöglichkeiten - und führte lediglich in kleiner Runde mal das Wort. Bei Abstimmungen und Entscheidungen votierte er stets als einer der letzten und immer mit der Mehrheit. Und jetzt stand dieser blöde Samstagmorgen vor der Tür.

"Der Kompost muss weg!", hatte seine Frau Marie-Luise - kurz Marlies - ihm letzte Woche über das abendliche Wurstbrot entgegentiriliert. Auf die verdutze Frage, die sein Gesicht aufwarf, zog sie einen Baumarkt-Prospekt hervor und zeigte auf einen aufstellbaren Kompostierer. „Die olle Grube will ich nicht mehr sehen. Die ist eh viel zu groß und viel zu weit weg. Immer, wenn ich den Kompost wegbringe, muss ich die Schuhe wechseln und durch den ganzen Garten, und bei schlechtem Wetter geht das gar nicht. Aber das Teil hier", und dabei tippte sie mit ihrem rot lackierten Fingernagel auf die Seite im Prospekt, "ist platzsparender, wir können es in der Ecke neben dem hinteren Garagenausgang aufstellen und hinten, wo der Kompost im Moment noch ist, kann ich endlich eine schöne Begonie pflanzen!"
Kein "Ich habe eine Idee, Schatz", kein "Meinst du nicht auch, dass.." oder "Könntest du dir vorstellen". Keine Diskussion, keine zweite Meinung: Wenn Marlies ein Projekt hatte, wurde das umgesetzt. Und zwar zeit-

nah. Und zwar von Wilhelm. In den nächsten Tagen begann er mit den sorgfältigen Planungen.

1. Inspizieren der Baustelle

Der Kompostlagerort, ein in die Erde eingelassenes, rechteckiges Loch im Außenmaß 1 x 1,20m an der hinteren Gartengrenze war tatsächlich maximal bis zur Hälfte gefüllt, nur wenn im Herbst Laub oder mal ein kräftiger Grünschnitt notwendig war, wurde die Grube mal bis zur Kante voll. Die Außenwände waren aus etwa 10cm dickem Beton - damals von Wilhelms Vater Friedrich gezogen worden.

2. Vorbereiten der Baustelle

Wilhelm hatte am Tag darauf den neuen Kompostierer zu kaufen und ihn aufzustellen: Der vorhandene Kompost aus der Grube wurde dort hineingetan. "Es reicht doch, wenn ich den oberen Betonrand entferne und dann alles mit Erde angeschüttet wird", versuchte er einen Kompromiss zu erzielen. Marlies zog mit ihm zur Grube, besah sich die hässliche Zementwanne und kassierte seinen Einwand: "Ne, da fließt dann nix ab und der Boden ist dann zu feucht. Außerdem wollen wir doch keine Altlasten hier drin haben, nicht wahr? Was ist das übrigens für ein doofer Huckel da am Rand?" Tatsächlich war der Boden der ausgehobenen Grube nicht eben, sondern entlang der Seite zur hinteren Grundstücksgrenze hin zog sich eine dreckige Zementwulst durch den Boden, als wenn ein vorheriger Aushub dort nicht möglich gewesen wäre oder am Ende dort eine Eisentonne mit Altöl einbetoniert worden sei. "Keine Ahnung, vielleicht wegen der Statik", entgegnete Wilhelm zerknirscht, der schon dabei war die Zeit und den Aufwand zu berechnen, den das alles kosten würde, um diese bescheuerte Konstruktion auseinanderzunehmen und als Bauschutt, wahrscheinlich in mehreren Anhängerfuhren zu einem Horrorentgeld auf dem örtlichen Wertstoffhof zu entsorgen.

3. Feinplanung

Nach einem kurzen und weder von Marlies noch der Nachbarschaft einzusehenden Versuch, dem Mauerwerk mit gezielten Hieben seiner Spitzhacke beizukommen (wobei scharfkantige Bröckchen ihm ins Gesicht geschleudert wurden und seine behandschuhten Hände vibrierten), holte er sich im Baumarkt rat.

"Hilti. Elektrohammer." Die Antwort kam verblos und prompt und mit souveräner Langeweile von einem orang-gekleideten Schrank von Mitarbeiter. Als Wilhelm ihn fragend und mit einem langen "Äh" eingeleitet ansah, fuhr dieser fort: "Datt ist mit höchster Wahrscheinlichkeit so eine einfache Zementmischung von Annotuck, schon Jahrzehnte durchgezogen und porös von Feuchtigkeit. Mit der Hilti zerlegste datt in ner halben Stunde in handliche Stücke. Stahlbeton wird's ja wohl nicht sein. Aber zur Sicherheit kann ich dir auch 'nen Presslufthammer vermieten, der kostet natürlich mehr und ist aufwändiger zu händeln, denn da ist ja auch noch der ganze Kompressor dabei." Wilhelm, der von jeher einen Argwohn gegen kumpelhaftes Duzen hatte, sah vor seinem geistigen Auge mit Entsetzen einen Fuhrpark von schweren Destruktionsgerätschaften in seinem Garten, er selbst mit so einem Pressluftdingens in der Hand, schwer wie eine Waschmaschine, groß wie eine Maschinenkanone. Auf der Terrasse Marlies mit wachsamem Blick, interessiert lugen Nachbarn über den Zaun und der Tagedieb von Untermieter im ersten Stock hat es sich mit filmbereitem Handy an einem Fenster bequem gemacht. ‚Um Gottes Willen', dachte er, bloß kein Aufsehen!', und: "Ich nehm die Hilti!"

4. Vorbereitung der tatsächlichen Arbeiten

Am Donnerstag, also zwei Tage vor Tag X, hatte Wilhelm die Außenmauern des Kompostbunkers etwa zur Hälfte freigelegt (also ca. 50cm tief).
Er dachte: `Das wird ein Höllenlärm. Soll ich die Nachbarn vorwarnen?', und wägte ab: Wenn er ohne Ankündigung draufloshämmerte, könnte es sein, dass die Nachbarn aufhorchen und sich verwundert fragen, was da vor sich geht. Vielleicht strömen sie auf der Straße zusammen, fragen sich und wollen gemeinsam der Sache auf den Grund gehen: Ruckzuck stehen dann zwei, drei, ein Dutzend Nachbarn am Gartenzaun oder direkt in seinem Garten. „Ach du bist das!", „Was wird das denn?", „Hast du das schon mal gemacht?" Wilhelm durchlief es. Um Gottes Willen, bloß kein Auflauf mit ihm in der Mitte, alle Blicke auf ihn und sein Ungeschick gerichtet.

Dann doch lieber gut kalkuliert vorher ankündigen: Wann es warum laut wird.

Und möglichst kurzfristig! Die meisten haben doch den Samstag - vor allem den Vormittag - schon vorstrukturiert. Wenn dann am Freitag ein Hinweis auf seine Abrissarbeiten kommt, wird doch wohl niemand seine Pläne ändern, nur um ihm zuzusehen? Das ist gut! Außerdem: Dieser notorische Nichtstuer von Untermieter hat doch wahrscheinlich schon wieder einen Saufplan für den Freitagabend - da kann er dann am Samstagvormittag schön die Ohren vollkriegen. Wenigstens einen nützlichen Nebenaspekt hatte das Ganze.

5. Die unbekannte Variable

Friedrich Büscher, der Vater von Wilhelm, war ein Gemütsmensch. Als Werkzeugmeister im großen Schweißwerk der Stadt war er für seine ehrlich-fleißige Arbeitsmoral genauso geschätzt wie für seine nüchtern-gesellige Art. Wenn Feierabend war, zog es ihn nach Hause in seinen Garten: Adrett lagen dort die Rabatten von Erdbeeren, Kohl, Möhren und Kartoffeln, weiter hinten die Kaninchenställe. Wenn er dort nach der Arbeit oder am Wochenende eine Stunde verbrachte und anschließend auf der Terrasse ein Pfeifchen ansteckte und ein Bierchen trank und die Abendsonne genoss, machte sich innige Wohligkeit breit. Die Mühen und Plagen des gesamten Tages fielen ab, wenn Friedrich versonnen dasaß und in seinen Garten schaute.

Diese Wohligkeit wurde jedoch getrübt, auf zweifache Art und Weise: Einerseits war es das Naziregime mit seinen ganzen negativen Begleiterscheinungen, die ihm seinen Feierabend verdarben. Anfangs waren da zunächst diese ganzen Veränderungen im Betriebsleben: Politisch engagierte Kollegen verschwanden, und wenn sie wieder auftauchten, waren sie verhuscht und innerlich gebrochen. Die Belegschaft wurde eingegliedert in irgendwelche Arbeitsfronten und Verbände, dazu Bildungsmaßnahmen für Werksangehörige zur politischen Schulung - all das störte sein Bedürfnis nach Ausgleich und Harmonie. Es folgten die Kriegsjahre: Ein Kollege nach dem anderen wurde einberufen - er selbst, Meister und wegen eines Ungeschicks in der Ausbildung ohne rechten Zeigefinger - war unabkömmlich. Stattdessen musste er sich an der "Heimatfront" mit Zwangsarbeitern aus Ungarn und Polen abmühen, arme Kerle in derben, heruntergetragenen Arbeitslumpen, unterernährt und mit angstvollem Blick, vor allem, wenn braune oder schwarze Uniformen in den Werkhallen auftraten. Fragmentarisch und mühsam war die Kommunikation, manchmal brach einer zusammen, den sah man dann nicht wieder. An solchen Abenden saß Friedrich missmutig auf seiner Terrasse herum, das Bier wollte nicht recht schmecken, ebenso wenig die Pfeife. Auch nachdem er angefangen hatte, dem einen oder anderen armen Teufel ein paar Kartoffeln, ein bisschen Tabak oder einen Kanten Brot zuzustecken, besserte sich seine Laune nicht. Dann begannen die Bombardements und die sorgten dann endgültig dafür, dass diese schönen Abende auf der Terrasse vorbei waren.

Doch es gab noch einen anderen Quell des Unwohlseins für Friedrich Büscher: Das war seine Frau Eva, er hatte sie auf so einem "befohlenem Fröhlichsein" namens *Kraft durch Freude* kennengelernt. Ausgestattet mit einem unbestechlichen Blick und einem unbändigen Willen, mit Fleiß und Entschlusskraft es im Leben zu etwas zu bringen, wurde sie nie müde, Friedrich auf kleine Macken, unerledigte Reparaturen und mögliche Verbesserungen in Haus und Garten hinzuweisen. Schon beim Frühstück, das Friedrich bevorzugt schweigend verbrachte, machte sie ihn auf eine lose oder fehlende Holzlatte im Zaun, die knarrende Küchentür oder einen weiteren benötigten Regalboden im Keller aufmerksam. Er nickte dann jeweils ab, um gleich, als er nach der Schicht nach Hause kam, wieder daran erinnert zu werden. Mürrisch schlurfte er dann in den Keller, holte das benötigte Werkzeug und machte sich auf zu den üblichen Inventurgängen. Waren diese erledigt, wartete Eva oft dann beim Abendessen mit neuen Aufträgen auf. Gelang es ihm, diese dann auf den nächsten Tag zu verschieben, und konnte er dann endlich in den Garten zu seinen Rabatten und Kaninchen, und saß er dann endlich auf der Terrasse mit einem Bier und seiner Pfeife, dann setzte sich Eva neben ihn und begrub ihn unter einem Berg von Neuigkeiten aus der Nachbarschaft und was sie so alles den lieben langen Tag erlebt hatte. Kam es dann wirklich mal zu einer Gesprächspause (wobei von "Gespräch" natürlich nicht die Rede sein konnte, da es gewöhnlich ein Monolog von ihr war), scannte Eva mit scharfem Blick den Garten und machte Verbesserungsvorschläge (etwa so: "In der Zeit, wo du hier sitzt, hättest du auch das Gartentor noch machen können!").

So hatte sie die ersten Jahre ihrer Beziehung das Zepter übernommen und ihm eine Baustelle nach der anderen aufgehalst: Ein Vordach am Eingang, damit man nicht nass wurde, wenn man vor der Haustür steht und nach dem Schlüssel nestelt; das Zumauern eines Fensters im ersten Stock, damit man einen Schrank für ihre stetig anwachsende Garderobe dort hinstellen konnte, und das momentane Projekt: ein in den Boden eingelassener Kompost, hinten im Garten neben den Kaninchenställen. Zu Beginn ihrer Beziehung hatte Friedrich einige Male Paroli geboten - er erntete jeweils eine eisige Woche des Schweigens, patziger Kommentare und Morgende ohne Kaffee.

Die Kriegsjahre hatten natürlich besonders negative Auswirkungen auf Eva und ihre ehrgeizige Sicht der Dinge: Mit den ersten Bomben hatte sie Friedrich unter wildestem Gezeter angespornt, den Keller als Luftschutzraum und Hort aller Kostbarkeiten des Hauses auszubauen. Neben Regalen voller Einmachobst, Getränkeflaschen, Eimern voll Wasser und Dosenfleisch standen zwei alte Wohnzimmerschränke und ein Vertiko gefüllt mit dem guten Porzellan, ihrer Aussteuer und Kleidern und dem Familiensilber, daneben ein Bett und drei diskrete Nachttöpfe. An den wenigen Abenden, die Friedrich an diesen Tagen dann noch abends auf der Terrasse sitzen konnte, überzog ihn Eva mit Horrorschilderungen ausgebombter Nachbarn, beklagte den

Lebensmittel- und Rohstoffmangel und schimpfte gegen die Partei und Regierung und dass Friedrich ja auch nichts dagegen unternehmen würde.

Nach einer neuerlichen Bombennacht - Eva war glücklicherweise ein paar Tage bei ihrer Schwester auf dem Land - inspizierte Friedrich am nächsten Tag den Schaden: Im Dachboden war ein Fenster geborsten, weil in den Häusern gegenüber eine 2-Zentner-Bombe niedergegangen war. An der Hausfassade waren einige Brocken Putz herausgesprengt und im Garten war irgendetwas mit den Kaninchenställen. Hatte jemand im Schutze des Bombardements den Rammler stehlen wollen und dabei den Stall zerlegt? Beim Näherkommen sah Friedrich, dass der gesamte Stall komplett auseinandergeborsten war, als hätte jemand mit einer riesigen Hand draufgeschlagen und Kleinholz daraus gemacht. Der Rammler! Die drei Weibchen? Inmitten der Trümmer fand er die Leichen seiner Kaninchen, zerquetsch und hingestreckt lagen sie da, die schönen Sonntagsbraten an einem schnöden Mittwochmorgen, und inmitten dieses Massenmordes, z.T. im Erdreich feststeckend, eine kompakte, kleine 100kg-Bombe.

Was für ein Schlamassel: Die Sonntagsbraten tot, die Ställe zerstört und ein Blindgänger in seinem Garten. Er konnte sich schon vorstellen, was das für einen Spaß geben könnte: Bombenkommando alarmieren, die gucken sich das Dingen an, vielleicht geht es beim Entschärfen in seinem Garten los und ein halbes Dutzend Leute vom Räumkommando und seine gesamte hintere Fassade fliegen durch die Gegend, vielleicht - Eva hat doch davon erzählt - müssen sie es kontrolliert sprengen, weil da so ein neuer, fieser Zünder drin ist, und dann ist ebenfalls seine Fassade und seine gesamten Rabatten hinüber und Eva würde ihm aufs Dach steigen, würde Zeter und Mordio von sich geben, am Ende noch auf offener Straße und vor versammelter Mannschaft die Partei, die örtlichen Bonzen und den Führer anpumpen und am Ende dahin verschwinden, wo auch die ganzen politisch interessierten Arbeitskollegen verschwunden waren.. NEIN, NEIN, NEIN! Für Friedrich galt es, hier und jetzt zu handeln und größtmögliches Unheil abzuwenden: Eva war noch bis morgen Abend bei ihrer Schwester. Im Werk und über ein paar Bekannte hatte er schon vorher einige Sack Zement und Kies aufgetrieben und die Grube für den Kompost, den Eva in ihrer Art in Auftrag gegeben hatte, ausgehoben: Da musste datt Dingen rein! Vorsichtig grub er den Blindgänger frei, zog ihn behutsam in die Grube, verschalte das Ganze mit vorbereiteten Holzplanken und mischte stundenlang mit einer Schaufel Zement, Kies und Wasser zu Beton an, mit dem er die Schalräume befüllte. Am nächsten Tag entfernte er vorsichtig die Schalbretter und besah sich sein Werk: Ein präzise gegossenes rechteckiges Geviert von massiven Wänden, eingelassen ins Erdreich. Der Boden eben, mit dem Schönheitsfehler, dass entlang einer Längsseite eine Betonwulst hervorstand, die die Bombe verbarg. Er entsorgte herumliegendes Stroh und Gartenabfälle in dem neuen Kompost, die Wulst war nun nicht mehr zu sehen. Der kaputte Kaninchenstall wurde zu Kaminholz gemacht, die verblichenen Tiere verarbeitete er soweit als möglich in handliche Portionen.

Als am Abend Eva nach Hause kam, zunächst argwöhnisch hier und da das Haus inspizierte, zufrieden feststellte, dass das Dachfenster schon repariert und der Kompost fertig war, konnte Friedrich durchatmen. Es gab an diesem Abend dann auch noch Kaninchenbraten, und statt eines Bombenangriffs erwies Eva ihm ihre Gunst.

Gelöst von all dem Druck der letzten beiden Tage liebte Friedrich an diesem Abend voll leidenschaftlicher Hingabe seine Frau und zeugte dabei seinen Sohn Wilhelm, quasi als Krönung dieser ärgsten Bedrohung, der er sich durch diesen britischen Blindgänger ausgesetzt sah.

Die Jahre vergingen und der immerwährenden Skepsis, ob das mit der Bombe wirklich gutgehen konnte, wich immer mehr die Gewissheit, dass da nix passieren kann. Jahrzehnte später wurden schließlich immer noch Blindgänger gefunden, die wahrscheinlich, würde man sie nicht umständlich ausbuddeln, noch eine halbe Ewigkeit dort liegen könnten.

Trotzdem wollte Friedrich seinem Sohn Wilhelm natürlich - spätestens als dieser das väterliche Haus übernahm - davon berichten, jedoch verschob er es immer, sobald er versonnen vor dem Kompost stand.

Irgendwann wurde er im Alter dann vergesslich und auch ein bisschen tüddelig, doch nach seinem ersten Schlaganfall, der leider auch sein Sprachzentrum tangierte, befand er, dass es an der Zeit sei, seinem Sohn diese explosive Information zukommen zu lassen. Er winkte ihn heran, flüsterte ihm mit ernster Miene zu: "Wichtig: Im Keller ist ein Topf!"

Wilhelm stutzte, Friedrich wiederholte. "Im Keller ist ein Topf?" Wilhelm konnte recht wenig damit anfangen. „Papa, hast du Hunger? Soll ich dir was Eingemachtes von unten holen?" – „Wichtig..", dann machte er ein Nickerchen.

Wilhelm wurde grüblerisch, nach der vergeblichen Suche nach besagtem Topf erzählte er es seiner Frau. Marlies vermutete einen verborgenen Familienschatz oder brisantes Material aus der Nazizeit oder zumindest Teile des Bernsteinzimmers, das im Keller versteckt sei, doch finden ließ sich nichts. Erst nachdem sogar alle Regale von den Wänden abgerückt, sämtliches Mauerwerk penibel abgeklopft und sogar vereinzelte Probebohrungen mit der Bohrmaschine gemacht waren, in deren Verlauf Marlies ihren Mann zu immer neuen Stellen vermutlichen Reichtums führte und ihn Löcher in die Kellerwände stemmen ließ, gab man auf. Sie erwog am Ende noch die Beauftragung eines Rutengängers, doch hier setzte Wilhelm ein seltenes Veto.

Dem Vater war auch keine zusätzliche Information mehr abzuringen. Außer seinem wiederholten „Im Keller! Ein Topf! Wichtig!" war aus Friedrich nichts Weiteres als diese Redundanz herauszuholen. Schließlich verschied er sanft und in dem festen Glauben, seinen Sohn noch rechtzeitig unterrichtet zu haben.

6. Frisch auf, zur Tat.

Wilhelm hatte sich natürlich die Betriebsanleitung des

elektrischen Stemmhammers gut durchgelesen und war dazu die Arbeitsschritte zur Inbetriebnahme durchgegangen - übrigens im Wohnzimmer, die Hilti in der Hand haltend. Er hatte wohlweißlich das Wohnzimmer gewählt (natürlich, als Marlies nicht da war), weil er nicht riskieren wollte, auf der Terrasse damit herumzuhantieren und am Ende hätte jemand aus der Nachbarschaft sein Herumgefummel bemerkt, spontanes Interesse bekundet, ihm am Ende gute Tipps aufgedrängt und einen öffentlichen Spannungsbogen damit initiiert. Nein, nein, dann doch lieber erst mal ein paar „Trockenübungen" zwischen Couch und Sofatisch, damit das Handling draußen „vor Publikum" auch souverän klappt.

Und so stand Wilhelm an diesem Samstagmorgen vor dem halb freigelegten Kompost-Tiefbunker, der Antwort der Familie Büscher auf den Westwall. Alle weiteren benötigten Gerätschaften waren schon bereitgestellt: Die Schubkarre, eine Schaufel und eine Spitzhacke, der Anhänger - in der Garage an den Wagen festgemacht und die Ladeluke schon heruntergeklappt. Er hatte eine derbe Arbeitslatzhose angezogen, Sicherheitsschuhe mit Stahlkappe, dicke Handschuhe, Schutzbrille und Gehörschutz. Er schaltete das Gerät ein und musterte die Umgebung: Kein Nachbar war zu sehen - gut.

Der Untermieter hatte die Jalousie noch heruntergelassen, zu allem Überfluss den Wagen, ein altes Taxi mit der bescheuerten Aufschrift "Kein Taxi" quer über den Bürgersteig geparkt und katerte sich wahrscheinlich aus: sehr gut!

Der Plan sah folgendermaßen aus: Zunächst galt es, sich an einer einfachen Stelle mit dem Gerät vertraut zu machen: Also würde Wilhelm zuerst von außen die freigegrabenen Außenwände wegstemmen, so dass die Brocken in den Innenraum fallen. Anschließend würden diese weggeräumt und Wilhelm würde von innen die noch bestehenden Wände und diese doofe Bodenwulst bearbeiten.

Die ersten Versuche waren noch etwas zaghaft: Laut und markerschütternd rasselte der Stemmkopf, ein ca. 5cm breiter Stahlmeißel, in den Beton. Nachdem Wilhelm die richtige Körperspannung, den optimalen Winkel und Anpressdruck gefunden und sich auch nach den ersten Versuchen umgeschaut hatte, ob jetzt vielleicht jemand guckt (was nicht der Fall war), knatterte und ratterte er zielstrebig los und musste dabei befriedigt feststellen, dass der Meißel z.T. recht einfach das Gestein auseinanderbrechen ließ. ‚Hatte dieser tumbe Baumarkthüne also Recht gehabt,‘, dachte sich Wilhelm, ‚schon ziemlich porös alles.‘ Mit zunehmender Befriedigung registrierte er, dass die Arbeit rasch vorankam und sich hinter der Jalousie dieses Tagediebes von Untermieter sicherlich ein kleines verkatertes Drama abspielte. Dieser Gedanke inspirierte Wilhelm noch zusätzlich und veranlasste ihn zu einigen markerschütternden Zusatzstößen mit der Hilti, die im Grunde genommen gar nicht notwendig waren.

7. Requiem

„AAAAHHH! Du blöder Arsch! Nein!" Mit den ersten

markerschütternden Meißelschlägen gegen den Beton durchzuckt es Stefan unwillkürlich und schlagartig wird ihm das Schreiben bewusst, das er am Nachmittag zuvor in seinem Briefkasten gefunden hat. Er zieht sich die Decke über den Kopf, doch es kommt ihm so vor, als ob Büscher den Elektromeißel direkt an seine Schläfe halten würde.

Er stemmt sich mühsam hoch und wankt mit geschlossenen Augen, die Hände tastend voran, aufs Klo, das genauso wie die Küche zur Straße hin gelegen ist. So richtig muss er eigentlich gar nicht, es ist eher eine Flucht vor dem infernalischen Lärm.

Er kommt sicher zum Sitzen, stützt sich wie gewohnt in derartigen Nachsuffsituationen mit dem Kopf am Waschbecken ab und erlaubt seinen Augen den ersten Kontakt mit der Herrlichkeit des heutigen Tages; er besieht sich seine Füße: keine heruntergezogene Unterhose; er ist anscheinend nackt ins Bett gegangen.

Doch irgendetwas stimmt nicht so richtig. Obwohl er nix anhat, fühlt er sich nicht nackt. Und auch das mit einer Blasenentleerung normalerweise einhergehende Plätschern fehlt – stattdessen bemerkt er wohlige Wärme, die sich um seinen Pimmel breit macht.

Mit tranigem Blick sieht er nach unten: Über seinem Schlaffi hängt, wie die Reste einer gehäuteten Schlange, die Spitze laff im Klowasser baumelnd, ein schwarzes Kondom, das sich zuverlässig unter dem stetigen Strom seines Mittelstrahls ausdehnt.

Schlagartig sitzt er kerzengerade! Befiehlt sofortigen Pinkelstopp – doch zu spät: Aus einer Spalte zwischen

Gummi und Gemächt spritzelt ihm sein Morgenurin wie ein warmer Strahl eines Bidets an den Hoden. Als er den Präser abzieht, kommt gar ein konzentrierter Schwall, der sich erst gegen seinen Unterboden und dann über seine fuchtelnde Hand ergießt. Die Hand hält er sofort ins Spülbecken unter den Wasserstrahl, mit der anderen greift er Klopapier zur Primärintervention, von unten dampft eine warme Duftwolke erfrischenden Morgenurins nach oben.

Während er sich nun langsam von seiner Selbsteinnässung befreit, dämmert es ihm, dass das eigentliche Problem nicht der Präser oder die Hilti ist, sondern eher die Frage, wem diese Empfängnisverhütung zuteil werden sollte!

Mit einem Ruck steht er auf und schaut sein Spiegelbild an, als ob er sich selbst verhören wöllte: ‚Alkohol getrunken – ja klar – mit Kalle - wem sonst, in Disco gewesen – und dann?' Wie in einer Übersprungshandlung und als ob dort eine Antwort verborgen sei - schaut er aus dem Fenster auf die Straße. Doch statt einer Antwort kommt da nur eine weitere Frage zu ihm hoch: Er sieht sein Auto quer über den Bordstein geparkt – ‚Wer hat die Karre so bescheuert hingestellt?', fragt er sich und: ‚BIN ICH ETWA NOCH GEFAHREN?'

Stefan nestelt aus der Wäschetonne eine alte Unterhose, zieht sie sich an, denn nun gilt es zu erforschen, ob er überhaupt allein ist! Begleitet vom unermüdlichen Rattern und Hämmern der Hilti schleicht er die paar Schritte durch den Flur zum Schlafzimmer und lugt um die Ecke.

Sie stemmt sich gerade mit einem angestrengten Seufzer im Bett auf. Ein üppiger, weißer Fleischleib mit riesigen, weißen Brüste, die hin- und hergondeln wie die Glocken von Notre Dame zu Himmelfahrt: „Poah ey! Was ist das für ein Höllenlärm?"

Stefan steht wie vom Donner gerührt im Türbogen. "Vanessa!?"

Das Knattern hinter der Jalousie geht plötzlich über in einen metallischen Trommelwirbel, wie ein Tusch im Zirkus vor dem Salto Mortale. Dann machte es sehr laut Bumm.

In diesem Moment trifft Wilhelm Büscher seinen Vater wieder. Er schlägt sich mit der flachen Hand gegen die Stirn und wiederholt seine letzten Worte mit vorwurfsvollen Gestus: „DER TOPF IST IM KELLER!"

„Ja, ich weiß.", antwortet Wilhelm, immer noch die Hände haltend, als hielte er die Hilti im Anschlag.

Kapitel 2 – Preisgekrönt -
und still verhöhnt

Wenn man als kleinkünstelnder Autor nach Betätigungsfeldern sucht, wird man im Internet sehr schnell fündig: Es gibt jede Menge Wettbewerbe!! Und da merkt man auch, wie viele Leidenschaftsgenossinnen und -genossen sich dem Schreiben widmen.

Im Jahr 2020 habe ich dann auch eine ganze Reihe von Geschichten für derartige Wettbewerbe produziert und hoffnungsschwanger abgeschickt – im festen Bewusstsein, dass dies doch ein qualitativer Meilenstein sein müsse.

Tatsächlich gab es dann auch den einen oder anderen Ritterschlag – neben den ganzen abschlägigen Bescheiden. So bleiben am Ende zwei Erkenntnisse: Mit zwei Anthologiebeiträgen, die mir gelungen sind, fühlt man sich dem schriftstellerischem Olymp sehr nahe – und Ausschreibungen aus Österreich werden zukünftig ignoriert!

Aber allen Schreibinteressierten rufe ich zu: Traut euch! „Kurzgeschichte" und „Wettbewerb" in die Suchleiste eingeben! Bei mehreren Seiten gibt es tabellarisch aufgeführte Wettbewerbe. Lasst euch inspirieren!

Diese Geschichte habe ich anlässlich eines Kurzgeschichten-Wettbewerbs des Autorenverbandes Franken verfasst (Schaef-Scheffer-Preis 2020). Auflage war, dass die Geschichte einen Bezug zu Franken haben musste und thematisch mit dem Begriff „Wind" spielen sollte. Da poetischer Gehalt ja immer auch Gehalt des eigenen Lebens ist (Goethe), habe ich meine Wettkampfteilnahmen als Blaupause für diese Story genommen. Der Umfang war auf maximal 9000 Zeichen begrenzt – der Erfolg olympisch (Dabeisein ist alles…).

Gewicht des Windes

Wie jedes Jahr im September heißt es: Auf nach Herzogenaurach! Aber nicht wegen der Dassler-Brüder und den in ihrer Nachfolge entstandenen Factory-Outlets, Gott bewahre! Es geht zur Turnerschaft Herzogenaurach von 1861!

Leichtathletik!

Zehnkampf.

1. Tag: Sprint, Weitsprung, Kugel, Hochsprung, 400m.

2. Tag: Hürden, Diskus, Stabhochsprung, Speer, 1500m.

Und das Beste daran: Wie bei den Factory-Outlets gilt das für Jedermann – und jede Frau! Denn Bewegung ist gesund, gell? Was spräche auch dagegen, als alternder Sportfreund zwei Tage lang den Körper mit zehn Belastungsproben zu stählen?

Für den Durchschnittserwachsenen reicht üblicherweise schon eine der genannten Disziplinen aus, um günstigstenfalls tagelangen Muskelkater und in ungünstigen Fällen Muskelrisse, Sehnendeformation oder orthopädische Traumata davonzutragen.

Wer macht da mit? Natürlich gibt es die Vereinssport-
ler; Leichtathleten von der Wiege bis zur Bahre.

Aber da gibt's noch die anderen. Die, die wie ich sind.

Die, die sich einmal im Jahr aufraffen, mehr leidlich als
redlich vorbereitet und bereit, alle oben geschilderte
Unbill in Kauf zu nehmen, um am Ende des zweiten
Tages eine Papierurkunde in die kraftleere Hand gedrückt zu bekommen: *Dange für deine Deilnahme! Im Stab-
hoch, da ged noch was! Und im Laufen: Dja, bei dein Gwichd..
Aber Hauptsach is doch: Dabeisei! Und nachher, beim Griechen
im Vereinsheim, wieder den Sokradesdeller und 'ne Maß Ducher!*

Wie jedes Jahr ist mein Gewicht fast gut. Genauso wie
die Vorbereitung.

Und wie jedes Jahr wird gezittert: Der scheiß Weitsprung.

Vor dem Weitsprung kommt der 100m-Sprint. Ist man
beschwerdearm durchgekommen und melden sich weder Fuß, Knie noch Rücken, dann spricht mit Sicherheit die Vernunft mit mir: *Aha! Schon am frühen Vormittag
musste der feine Herr anscheinend im Maximalsprint in dämp-
fungsfreien Nagelschuhen über eine knallharte Tartanbahn trom-
meln. Ich täte jetzt raten, eine etwa 14-tägige Erholungsphase
einzulegen – nur so als Vorschlag, auf der Basis von Trainingszu-
stand und Alter. Und natürlich Gewicht.
Aber nein, der werte Herr Sportler geruhen ja mal wieder zu physi-
schem Größenwahn zu tendieren. Nun gut.*

Weitsprung bedeutet also nochmal Sprint. Dreimal von
Null auf Maximum beschleunigen, im Moment der

74

höchsten Geschwindigkeit ein langer vorletzter und ein kurzer, kräftiger, letzter Schritt: Sämtliche Energie wird auf wenige Quadratzentimeter des Sprungfußes konzentriert – Absprung - Hüfte vor zum Hohlkreuz – um sofort dynamisch wieder nach vorne zusammenzuklappen. Landung: Der gesamte Körper wird auf einer Strecke von weniger als einen Meter auf Null abgebremst – du bombst einen Einschlagkrater in den Sand, es fühlt sich eher an wie ein Auffahrunfall, dein Gehirn folgt der Trägheit und stößt von innen gegen die Stirn: *„Hast du noch alle?"*

Und dann der bange Blick zurück: Hebt der Kampfrichter die weiße Fahne? Das bedeutet: Gültig! Oder schon wieder übergetreten?

Auch der Zeitpunkt dieses meines Zitterwettkampfes ist suboptimal: Gegen etwa 11 Uhr, nachdem man sich schon eine Stunde für den 100m-Sprint warmgemacht und diesen in ein paar Sekunden durchgeknüppelt hat, möchte man jetzt eher ein Kaffeepäuschen machen. Und gewohnheitsmäßig aufs Klo.

Klo ist so eine Sache: Jeder muss, und zwar dauernd. Zuviel Wasser, Schorle, Elektrolyte, Kaffee, dazu schlicht nervöses Pipi und wettkampfbedingter Reizdarm.

Fürs Klo brauche ich aber meine Ruhe. Denn wenn einen Meter neben mir jemand hockt, zwischen uns nur ein Fingerbreit Risopal, sein Brunzen durch die Keramik hallt, dazu vielleicht noch ein anderer vom Pissoir ruft: „Spor dir des als Düse für den Weidsprung auf, sind mindesdens zehn Zendimedder!", dann mag sich bei mir keine für die Notdurft notwendige Entspannung einstellen.

Daher meide ich die Sportlertoiletten an den Umkleiden, gehe stattdessen ins Sportlerheim, Treppe runter; da sind auch zwei Klos. Am Treppenabsatz wacht der Namens-patron des Stadions: Ludwig Jahn blickt mich aus dem Bild streng an, ein Bart wie Methusalem, ganze Kolonien von Mauerseglern könnten hier nisten. Unten angekommen: Die Luft ist rein! Schnell hingesetzt und erleichtert! Ist dann auch weniger Gewicht!

Das Einspringen beginnt: Ich messe meine 69 Füßchen ab – als erfahrener Athlet kennt man seinen Ablaufpunkt für den Anlauf. Ich kenne ihn nicht, tue aber so.

Ich nehme jedes Jahr 69, um wie jedes Jahr beim Einspringen festzustellen, dass sich mein Ablaufpunkt seit meiner Studienzeit geändert hat....

Erster Probesprung – übergetreten, satte zwei Fuß. Kann doch nicht sein! Liegt bestimmt am Rückenwind. Ich gehe zwei Füße zurück, zweiter Probesprung: Diesmal anderthalb Füße vor dem Balken abgesprungen. Da aber erst ab dem Balken gemessen wird, ist das verschenkte Weite. Ich werfe die Arme in die Luft. Etwa drehender Wind? Der Kampfrichter schüttelt den Kopf. Ist fast windstill, schon den ganzen Vormittag. Ich gehe mit dem Ablaufpunkt wieder einen Fuß vor, verzichte auf einen weiteren Probesprung – Körner sparen.

Wettkampf, erster Versuch: Jetzt mal konzentrieren, alle Kraft sammeln und einen gültigen Versuch machen! Ich laufe an, beschleunige maximal − letzte Schritte − Absprung − Flug. Die Landung staucht mich zusammen wie eine Ziehharmonika − Sternchen tanzen auf der Netzhaut - ich blicke mich um: rote Fahne − übergetreten.

Kopfschüttelnd steige ich aus der nassen Sandkuhle, beschaue mir kritisch den Absprungbalken: 20 Zentimeter breites weißlackiertes Holzbrett, dahinter die rotrosafarbene Übertrittschwelle. Mit dem Fuß voll auf der Plastilinmasse gewesen, ein fetter Fußabdruck. Der Kampfrichter seufzt, holt Eimer mit Ersatzpaste und einen Spachtel, zieht die ganze Masse wieder glatt.
Bestimmt Rückenwind! Der Kampfrichter meint mit freundlich rollendem R: „Einen Fuß zurück, dann passts!"
Außer zwei anderen Hobbysportlern bringen alle Athleten in meiner Riege ihren ersten Sprung gültig in die Grube.

Zweiter Versuch: Bin einen Fuß nach hinten gegangen. Spähe noch kurz vorher zum Windmesser − das Fähnchen daneben spielt lahm mit kaum merklichen Winden. Mache ein fuchsiges Gesicht und gehe mit dem Ablaufpunkt noch einen weiteren Fuß zurück, denn ich meine, eine ganz leichte Böe von hinten verspürt zu haben.
Konzentriert − angespannt - und los! Wieder beschleunige ich, spüre ich da etwa Gegenwind? Anscheinend ja, also ziehe ich die letzten Schritte länger.
Während der sehr kurzen Flugphase fällt mir ein, dass

man das auf keinen Fall machen soll. Wieder schiebt mich der Aufprall zusammen, als würde ich beim Rugby das Zentrum eines Gedränges sein.

Ich habe mich noch nicht umgedreht, da höre ich schon: „Ungültig!"

Ich klopfe mir unwillig den Sand vom Hintern: „Ja, da bin ich jetzt einen Fuß nach hinten gegangen, und jetzt?" – „Wenn'st keine fesde Anlauflänge hasds, dann bringd's des eh nidd."

Ich gehe die Anlaufbahn zurück, komme am Windmesser vorbei: Ein parallel zum Anlauf angebrachtes Rohr mit innenliegendem Propeller, elektronisch abgelesen. Daneben eine einfache Eisenstange mit einem leichten Stoffband dran. Der Propeller dreht sich kaum, das Stoffband hängt schlaff herunter.

Die anderen beiden Hobbysportler haben beide ihren zweiten Sprung sicher in die Grube gebracht, sogar der Depp mit dem bescheuerten Bayerntrikot. Also bin ich vor dem letzten Durchgang der einzige, der noch keinen gültigen Versuch hat.

Ich gehe mit meinem Ablaufpunkt um weitere zwei Füße zurück. Jetzt nochmal sammeln. Sicherheitssprung. Man muss bei Sicherheitssprüngen auf den Balken gucken, was schlecht ist: Falsche Fluglage, keine vernünftigen letzten Schritte, man ist langsamer - aber sei's drum. Besser Murks als ungültig, besser wenig Punkte als keine.

Ausgerechnet jetzt kommt Jens!

Jens ist ehemaliger Weltklassezehnkämpfer längst vergangener Zeiten. Als ausgewiesener Experte moderiert er pro Saison ein paar Zehnkampfevents und führt informativ und kurzweilig durch die beiden Wettkampftage. Qualitäten: Wikipedia-Wissen zur Leichtathletik und extrem trockene Sprüche - er ist halt Ostwestfale.

„Da gehen wir doch jetzt mal zur Riege 5 zum Weitsprung!", tönt es durch die Stadionlautsprecher. „Und mit der Nummer 83 haben wir einen alten Bekannten am Start: den Dieter!"

Oje, muss der ausgerechnet jetzt so einen Wind machen! Ich winke nur knapp, versuche mich zu konzentrieren.

„Im Weitsprung ist es von entscheidender Bedeutung, einen festen Ablaufpunkt zu haben", informiert Jens das generell gut informierte Publikum. „Niklas Kaul hatte übrigens bei seinem Weltmeistertitel 2019 einen ganz schlechten Weitsprung hingelegt: nur 7,19m."

Durchgeatmet – Körperspannung – ich laufe an.

Jens fährt fort: „Einen guten Meter weiter ist übrigens Ashton Eaton 2012 gesprungen. Er hält den Weltrekord im Weitsprung im Rahmen von Zehnkämpfen mit 8,23m. Doch vielleicht nur bis heute: Denn Dieter läuft an!"

Gedanken schießen mir durch den Kopf: Ich Hornochse! Jedes Jahr derselbe Scheiß. Jedes Jahr der kack Weitsprung. Man könnte das ja mal trainieren. Einfach so, vier- , fünfmal vorher. Du hast die Möglichkeit, das Wissen und die Zeit dazu – aber nein: Jedes Jahr stehst du hier und zitterst dir einen ab und lugst und spähst zum Windfähnchen, immer hoffend, dass es sich regt, dass es wild tänzelt oder gar geräuschvoll in Sturmböen knattert. Denn dann hättest du eine für alle sichtbare Begründung, warum du solch ein Anlaufhirni bist.

Jens ist weiter in seinem Element: „Der weiteste Sprung eines Deutschen war übrigens von Jürgen Hingsen – 8,04m."

Der Balken – Sicherheit – ich hebe kurz ab – dann faltet es mich wieder brutal zusammen.

„Gültig!", jubiliert Jens. „Dieter! Glückwunsch! Das war zwar kein Weltrekord, aber selbst aus meiner Position war zu erkennen, dass du weit und damit gültig vor dem Balken abgesprungen bist."

Ermattet und mit reichlich Sand in der Hose verlasse ich die Grube, die Weite will ich gar nicht hören.

„Und Dieter,", Jens am Mikrofon ist jetzt in Höchstform, „du bist nur etwa viereinhalb Meter hinter der Weite von Thomas Meyer geblieben, der in Talence 2018 bei seinem Weltrekord 7,80m sprang."

Jens wird jetzt launisch, er zwinkert mir zu: „Für einen Weltrekord wird es nicht reichen. Aber vielleicht fürs Sportabzeichen!"

Ich grinse, die Kampfrichter und die ganze Riege lachen. Der Weitsprung ist geschafft. Ein befreiender Wind kommt auf und streicht durch das Jahnstadion Herzogenaurach. Ich gebe Jens High-Five, der klopft mir auf die Schulter und fährt fort: „Dieter, da machen wir einen Haken hinter. Und jetzt geht's zum Kugelstoßen. Ist doch deine Paradedisziplin. Bei dem Gewicht.."

Ich brauche erst mal 'ne Bratwurst.

2020 – Was erregte uns am meisten? Natürlich ein Virus – und dann noch dieser Typ aus den USA. Doch ein Idiot an der Spitze eines Staates sagt auch etwas über den Staat selbst. Und wenn es sich um eine intakte Demokratie handelt, richtet sich unvermittelt der Blick auf die Gesellschaft, die einen solchen Präsidenten zum Chef macht. Und jeder Bericht „aus dem Land" lässt unsereins ratloser zurück: Waffenidiotie, White Supremacy, dazu Evangelikale, die biblische Geschichten jeder wissenschaftlichen Tatsache vorziehen… In der Collage „Gods Country" spiele ich den Fall durch, was passieren kann, wenn sich „Reichsbürger" aller Couleur in den USA zusammentun..

God's Country

„Ich weiß nicht, wie ich beginnen soll. Vielleicht mit dem einen, alle hier beherrschenden Gefühl.

Nämlich das Gefühl, dass jetzt endgültig das Maß voll ist. Die Zeit, in der man es hingenommen hat, dass sich die Dinge immer mehr in eine Richtung verändern, in die man selbst und alle anderen um einen herum nicht hinwollen – diese Zeit ist nun zu Ende.

Ab heute werden wir keine Anweisungen mehr akzeptieren, Verordnungen zähneknirschend umsetzen und uns höchstens abends in den Diners oder in den Bars dagegen beschweren.

Ab heute beginnt eine ganz neue Zeitrechnung: für uns, unsere kleine Gemeinde, für den County, für den Bundesstaat und für ganz Amerika.

Ich heiße Eric Johnson und bin der gewählte Sheriff, sitze in diesem 500-Einwohner-Nest mit dem Namen Broadus in meinem Büro. Verirrt sich mal jemand hierhin, ist unsere Antwort „40-60-80" – so kommt man am leichtesten von hier weg. 40 Meilen nach Süden und du bist in Wyoming, 60 nach Ost in Süddakota und 80 nach Nordost in Norddakota. Wir haben hier eine recht schöne Landschaft; Jagen, Angeln geht prima, doch für ein Motel muss man schon ein bisschen weiterfahren, und wenn man so etwas wie Zivilisation haben will: Billings liegt satte 160 Meilen westlich. Wir leben in einem der am dünnsten besiedelten Flecken Amerikas.

Sie merken schon: Hier in Broadus hängt die Ziege tot überm Zaun. Doch unsere Leute finden das ganz ok: Wir genießen unsere Ruhe, haben unsere Jobs in Viehzucht und Forstwirtschaft und wenn man mal einen draufmachen will, verbringt man ein Wochenende in Billings, der „Metropole" Montanas mit immerhin über 100.000 Einwohnern.

Alles begann auf der Brody-Farm, der größten Farm im Powder-River-County. Es kriselte ja schon eine ganze Weile in Amerika und nicht nur in dem Amerika, das Sie so kennen: also Washington DC, Big Apple, Kalifornien, Florida usw.

Ich war schon einige Zeit nicht mehr bei Brody draußen auf der Farm gewesen. Als ich ihm vier Wochen nach der Präsidentschaftswahl wieder einen Besuch abstattete, musste ich feststellen, dass sich eine ganze Menge verändert hatte: Zwei neue Baracken standen im rechten Winkel zueinander gleich an der Einfahrtsstraße, daneben stapelte sich Bauholz und ein Dutzend großer Betonfertigteile, die man vom Straßenbau kennt. Zudem große Abwasserrohre mit 60-Zoll Durchmesser, ein Bagger, ein Tieflader und eine Planierraupe, drei Überseecontainer. Auch wohnten hier anscheinend ein Dutzend Arbeiter, die mit dem Ausbau der Farm betraut waren. Es war schon ziemlich kalt, doch das schien niemanden zu stören.

Ich fragte ihn, ob er eine neue Stadt bauen wolle.

Er antwortete: ‚Nein. Ein Fort.‘ – Damals hielt ich es für einen Scherz, so wie ihn Douglas O'Donnell in dieser Situation gemacht hätte. Als ich ihn mit Verweis auf die Rohre fragte, ob er auch gleich das Kanalisationsproblem lösen wolle, erwiderte er, dass die für die unterirdischen Verbindungen der Gebäude wären – da wusste ich: Es war kein Scherz.“

***

„Mein Name ist Reverent Elias Shepard, ich bin Pfarrer der Evangelican-Baptist-Church aus Billings. Alles, was ich Ihnen jetzt erzähle, können Sie auch als Podcast von unserer Internetseite herunterladen oder bei Youtube anschauen – es ist deckungsgleich mit meiner Predigt von vor zwei Wochen, zur Amtseinführung der neuen Präsidentin. Seit der Synode mit meinen verehrten Predigerbrüdern aus Casper/Wyoming und Rapid City/Süddakota, die wir unmittelbar nach der Wahl im November abgehalten hatten, schlossen wir einen Pakt: Drei Kirchen aus drei frommen Städten aus drei hervorragenden Bundesstaaten – wir wollten ab jenem

Tag mit einer Stimme sprechen und denen eine Stimme geben, die wenig oder nie gehört werden: Wir repräsentieren die einfachen, ehrlichen, frommen Menschen aus Gemeinden, Countys und Kleinstädten. Wir wollen ein gottgefälliges Leben führen in einem gottesfürchtigen Amerika. Unsere drei Gemeinden bilden quasi ein Dreieck über drei Bundesstatten hinweg: Wir verstehen uns als das moralische Zentrum Amerikas! *God's Triangle*! Und angesichts der momentanen politischen Situation und Vorgänge im Lande sind wir in dringendster Sorge: Ein offen Homosexueller wird Minister unseres Landes! Mindestens zwei Frauen, die zugeben, eine Abtreibung gehabt zu haben, arbeiten im Oval Office! Die moralische Einheit unseres Landes ist damit endgültig zerbrochen! Und wenn Menschen in einem Land keine gemeinsame Basis von Werten mehr haben, müssen Strukturen geschaffen werden, in denen Menschen unterschiedlicher Ansichten leben können. Es kann aber nicht sein, dass die, die moralisch verwerflich handeln, die anständigen Menschen bevormunden dürfen!

Man muss Gott mehr gehorchen als den Menschen! Das hat Jesus gesagt!

Gott hat uns dieses gelobte Land gegeben. Es zu bestellen, von ihm zu leben und es zu beschützen ist unsere heilige Aufgabe. Und diese paar Sätze von Douglas O'Donnell waren es, die allen Menschen mit ganz einfachen Worten die Augen geöffnet haben! Er hat uns inspiriert!"

***

Michael Donald Reiman, *NRA Montana*: „Bevor ich meine Aussage zur Sache mache, möchte ich nochmals betonen, dass der zweite Zusatzartikel unserer Verfassung nicht angerührt werden darf! Dieser Artikel steht schließlich für eines unserer charakteristischsten Wesensmerkmale, das uns Amerikaner auszeichnet: Here I stand, with my Gun in my Hand! Aufrechter Amerikaner zu sein bedeutet, immer dann selbst für den Schutz und die Sicherheit für mich selbst und meine Familie zu sorgen, wenn eine Bedrohung auftaucht und Hilfe nicht in Sicht ist. Wir dürfen es nicht zulassen, dass gute amerikanische Patrioten und ihre Familien schutzlos in einer immer rücksichtsloseren und bedrohlicheren Welt kriminellen Banden und bösen Mächten ausgeliefert sind. Wer diesen Zusatzartikel streichen will, verleugnet eine der grundsätzlichsten Wesensarten des amerikanischen Volkes. Wer ihn abschaffen will, versündigt sich an Amerika!

Douglas O'Donnell hat es mit seinen Sätzen auf den Punkt gebracht! Er hat das ausgesprochen, was Millionen braver Bürger denken, was sie bewegt und in dieser dunklen Stunde zusammenschweißt. Nachdem sein Post derartig publik wurde, bestürmten uns besorgte Amerikaner mit immer mehr Anfragen. Es ging vor allem um juristische Expertisen, gegen das geplante Gesetz vorzugehen und welche Handhabe man im äußersten Fall habe.

Ich kann nur allen Amerikanern in den Vereinigten

Staaten zurufen: Haltet fest!! Haltet ganz fest an eurem verfassungsmäßigen Recht!"

***

Jeremy Armstrong Custer, *Aryan Nation*. „Die weiße Rasse hat von Gott dieses Land zugewiesen bekommen. Das gelobte Land. Seit Jahrhunderten leben wir hier und verteidigen uns gegen fremde Völker. Mein Ur-Ur-UrGroßonkel, General George Armstrong Custer, ließ sein Blut in dieser heiligen Erde nur 50 Meilen von hier. Er gab sein Leben im Kampf gegen Fremdrassen, die uns dieses Land streitig machen wollten. In den meisten amerikanischen Großstädten und Bundesstaaten hat schon längst der große ethnische Austausch begonnen: Die Nigger und die Tortillafresser wandern ein und vermehren sich systematisch! Sie schwächen gezielt das Land durch die Belastung unserer Sozialsysteme, sie klauen unseren weißen Arbeitern die Jobs, durch Raub und Mord beseitigen sie die weiße Mittelschicht, die wenigen Intelligenten von ihnen nisten sich gezielt in Behörden und Verwaltungen ein, um unsere Institutionen von innen auszuhöhlen.

Mit der Ernennung dieser Latino-Hure zur Präsidentin wurde endgültig eine Grenze überschritten: Denn damit ist der Krieg, den die Latino-Nigger-Sippen gegen Amerika führen, in seine offene Phase getreten!

Ich habe Douglas damals für seinen Auftritt beglückwünscht. Ich habe ihm tief in die Augen gesehen und gesagt: ‚Du hast heute die wichtigsten Sätze deines

Lebens gesprochen!'. Ich habe den Mitschnitt sofort in unsere sozialen Netzwerke gestellt, mit der Frage, wie weit man als Patriot gehen sollte. Am nächsten Tag war der Ausschnitt schon von 1600 Leuten geteilt und von Zehntausenden geliked worden. Im Forum meldete sich Brody: ‚Ich lade alle echten Patrioten auf meine Farm nach Broadus ein! Bringt eure Familien mit – gemeinsam errichten wir das neue Zion!'. Und Reverent Elias Shepard hatte alle aufrechten Christen aufgefordert, sich in *God's Triangle* niederzulassen.

Zwei Wochen später sind wir dann los: Die ganze *True-Americans-Miliz Montana*, mit Pick-Ups, Wohnmobilen und allem, was fährt: Insgesamt 64 Männer, mit Frauen, Kindern und drei Vans voller Waffen, Munition und Ausrüstung. Alle nach Broadus, auf die Brody-Farm."

***

Douglas O'Donnell: „Alles hatte seinen Ursprung in diesem inzwischen legendären Billings-Auftritt im November. An dem Abend waren überraschend viele Zuschauer gekommen – normalerweise spiele ich so vor 100 Leuten. An dem Wochenende jedoch war in Billings eine Convention der *NRA Montana* gemeinsam mit örtlichen Heimatschutzvereinen, und die kamen anschließend geschlossen in meine Show in Bishops Bar. Nun ja, sie kennen ja meinen Markenkern – THE FUNNY PATRIOT - und so dachte ich: Gib dem Volk, was es hören will.

Ich hab' da die geplanten Gesetze zum Waffenbesitz als Anlass genommen, einfach mal ein bisschen für die Papiertonne zu spinnen: „Wisst ihr was", hab ich gesagt, „wir machen jetzt dasselbe, was wir auch im Sport machen würden: Wenn der Gegner zu oft Foul spielt und kein Schiri eingreift, wisst ihr, was die einzig richtige Entscheidung ist? Wir gehen vom Platz! Sollen die doch alleine spielen!"

Im Saal war plötzlich so eine seltsame Stimmung. Einige haben gelacht, aber andererseits merkte ich, dass in diesem Moment viele Leute ganz, ganz konzentriert waren, was ich denn als nächstes sagen würde, und dann ist es mir einfach rausgeflutscht: „Und dann sagen wir: *Hier*! *Das* ist ab heute nur noch *unser* Platz! Und hier spielen wir nicht mehr mit euch! Da spielen wir nur noch mit denen, die sich mit uns an *unsere* gemeinsamen Regeln halten. Punkt!"

Und dann kamen lauter Zwischenrufe, an denen ich gemerkt habe, dass mal wieder viele Patrioten im Zuschauerraum sitzen, und dann hab' ich weitergemacht: „Passt dir ein Gesetz in deinem County nicht – zieh' in einen anderen County! Passt dir ein Gesetz in einem Bundesstaat nicht – zieh' in einen anderen Bundesstaat! Passt dir ein Gesetz in den USA nicht: Zieh' in ein anderes Land!? Soll das die Lösung sein? Was glaubt ihr: Werden mich die Mexikaner mit offenen Armen empfangen? Nein! Die rauben mich aus, fahren mit mir in die Wüste, drücken mir 'ne Schaufel in die Hand und sagen: Adios, Señor! Six feet under!

Das ist keine Option!

Aber was soll man tun?

Ich habe eine Lösung: Ich werde mit meinem Land, auf dem mein Haus steht, aus den Vereinigten Staaten austreten!

Ich werde mich persönlich mit allen Waffen, die in den USA nicht mehr legal sind, in meinem Staat, den ich, bescheiden wie ich bin, *O'Donnellia* nenne, an meinen Gartenzaun setzen und mein Land verteidigen!

Meinen Sohn habe ich im Baumhaus mit der Halbautomatischen postiert!

Und ich werde mir ein Pony kaufen für Patrouillenritte entlang der Landesgrenze, die durch meinen schlecht lackierten Lattenzaun kenntlich gemacht ist.

(Und hier kam meine Trump-Imitation): Und ich werde eine Mauer bauen! Ich werde eine Mauer bauen!"

Die Menge tobte!

Nach dem Auftritt hat mich dann Jeremy A. Custer angesprochen."

***

Mandy Hayes, FOX-Breaking-News: „Meine verehrten Damen und Herren, die Montana-Krise ist eskaliert: In einem bisher nie dagewesenen Vorgang hat das Bezirksgericht von Powder-River-County, flankiert von der Verwaltung, vom Sheriff und sämtlichen Bürgermeistern der Region den Austritt des Powder-River-County aus den Vereinigten Staaten von Amerika erklärt. Gleichzeitig wurden von Milizen an allen wichtigen Zugangsstraßen – wie hier auf der Route 212 – Kontrollposten aufgestellt. Wähler der demokratischen Präsidentin wurde geraten, das Territorium zu verlassen. Reverent Elias Shepard rief alle aufrechten Christen dazu auf, in der Region zusammenzukommen. Er enthüllte mit einem Gebet und einer Segnung die neue Flagge des sogenannten *Free America*: Eine rote Flagge, in deren Zentrum ein blaues christliches Kreuz mit weißen Sternen darauf zu sehen ist – eine christliche Spielart der in vielen Staaten öffentlich verbannten Konföderiertenfahne. Diese Fahne nennen die Abtrünnigen *The Banner of Freedom*.

Unter dem Kreuz ist in Gold ihr Leitsatz gestickt:

The Land of the Free and the Home of the Brave!

Douglas O'Donnell, ein regional bekannter Comedian und einer der treibenden Kräfte gegen die von der neuen Präsidentin geplanten Einschränkungen im Waffengesetz, meinte, die „Not-my-President"-Bewegung, die sich seit der Präsidentschaftswahl gebildet hat, brauche nicht nur Stimme, sondern auch Raum. Und diesen Raum in Form des Countys *Powder River* nähmen sich die Menschen jetzt.

Derweil diskutiert der Gouverneur, Morgan Harris Jr. mit seinem Kabinett den Einsatz der Nationalgarde. Mandy Hayes aus Billings/ Montana für Fox-News."

***

„Mein Name ist Major James Harriot McCormack, stellvertretender Bataillonskommandeur der Nationalgarde von Montana.

Ich gebe heute, am Tag 4 der Mobilmachung der Nationalgarde Montana bekannt, dass ich mich mit mehreren Einheiten auf den Weg nach Broadus gemacht habe, um mich mit den Männern und Frauen von *#FreeAmerica* zu solidarisieren und gemeinsam an ihrer Seite zu kämpfen! Wie einige meiner Männer stamme ich aus dem County. Wer mir befehlen will, auf meine Verwandten und Freunde zu schießen, versündigt sich an der Menschlichkeit und damit an Amerika!

Ich möchte ganz deutlich hervorheben, dass ich meine Funktion als Vorgesetzter nicht ausgenutzt habe und meinen Männern nicht befohlen habe, mir zu folgen! Von den rund 3.500 Soldaten der Nationalgarde Montana haben sich 1077 Angehörige der *Army National Guard* spontan bereit erklärt, mit mir gemeinsam diesen Weg zu gehen. Gleichzeitig haben mir die Befehlshaber der anderen *Army-National-Guard*-Bataillone versichert, dass kein Nationalgardist Montanas auf den anderen schießen werde! Ich bin mit dem kompletten militärischen Gerät nach Broadus gelangt. Sämtliche Fahrzeuge - unter anderem Humvees sowie Bradley- und Stryker-Schützenpanzer - sind schon auf Gefechtsposten und gegen Feindaufklärung gedeckt untergezogen. Fast zeitgleich landeten vier Black-Hawk-Kampfhubschrauer der *Air-National-Guard* auf dem kleinen Flugfeld in Broadus. Deren Piloten erklärten sich ebenfalls solidarisch. Übrigens gelang ihnen heute Vormittag der Abschuss einer Predator-Drohne.

Gemeinsam mit den im County befindlichen Männern, unter anderem der *#True-Americans-Miliz Montana*, der #*Broadus-Home-Miliz* und der #*Free-God's-Country-Miliz* und vielen weiteren Patrioten, die aus dem gesamten Gebiet der alten Vereinigten Staaten zu uns geströmt sind, haben wir uns zur #*Nationalen Allianz der freien Milizen von Free America* zusammengetan.

Und ich möchte der Präsidentin der Vereinigten Staaten Folgendes zurufen: Falls Sie als oberste Commander-in-Chief unseren Brüdern in den Streitkräften befehlen, die Grenze von *Free America* zu überschreiten, so seien Sie gewiss, dass die *Nationale Allianz der freien Milizen von Free America* diesen Akt als Aggression interpretieren und mit allen Mitteln die Landesgrenze verteidigen wird! Gleichzeitig rufe ich alle Patrioten im Staatsgebiet der alten Vereinigten Staaten auf, ihren Grund und Boden zu Exklaven des neuen *Free America* zu erklären!"

***

„Mrs. President, Brigadegeneral Marcus erwartet Ihren Befehl zum Überschreiten der Grenze!"
Die Präsidentin blickte reihum die Männer an, die hier am Tisch des *Presidential Emergency Operation Center* im Weißen Haus zusammensaßen.
Niemand sah sie an.

Keiner wollte einen Rat geben müssen.
Der County, der Bundesstaat, Amerika, die ganze Welt hielt den Atem an und wartete auf ihre Worte.

Die folgende Kurzgeschichte ist der sehr stark gekürzte erste Teil meines (noch unveröffentlichten) zweiten Romans *Sir Psycho feat. Rathaus of Cards*.

Ich habe damit an einem Kurzgeschichtenwettbewerb des LITE-RAREON-Verlags teilgenommen, der thematisch das Thema *Schatz* hatte. Die eingesendeten Beiträge durften maximal 1000 Wörter aufweisen. Die Kurzgeschichte wurde in der Anthologie des Verlages schließlich veröffentlicht – Strunz-Strunz..

Schatz, der; Substantiv, Konjunktiv

Letzten Mittwoch komme ich an diesem kleinen Lottoladen im Eingangsbereich des Baumarktes vorbei, davor dieser Lockständer: "Jackpot - diesmal 54 Mio"! Wer soll darauf hereinfallen? Die Chancen, alle 6 Zahlen plus Superzahl richtig zu haben, stehen bei 1 zu 140 Millionen! Welcher Depp wird hier schwach? Zufällig kommt mein Nachbar fröhlich pfeifend aus eben diesem Lottoladen, grüßt und erklärt amüsiert, dass er wohl bald Millionär sein werde. Ich verkünde die Gewinnchance - 1 zu 140 Mio - wohingegen er mit den Schultern zuckt und meint, die vier Euro für vier Spielreihen täten doch nicht weh und wie man sich doch in den Allerwertesten bisse, müsste man feststellen, wenn die Geburtsdaten der Familie es einem tatsächlich ermöglicht hätten, von einem Schatz im Dagobert-Duck-Format überhäuft zu werden.

Ich wünsche ihm lächelnd viel Glück. Später an der Kassenschlange fange ich an zu grübeln: Ja, ja, mein Nachbar, dieser Schwerenöter. Immer einen kessen Spruch auf den Lippen, am Glas gerne der Erste; immer auch derjenige, der seinen Terrassen- oder Vorgartenbereich mit irgendwelchen Projekten aufrüstet. Auch ein Rabauke! Fährt oft unangepasst schnell in unserem Wohngebiet mit seinem proletigen BMW, und ein Ankündigungsweltmeister ist er auch.

Wenn er allerdings im Lotto gewänne? Wahrscheinlich überzöge er die gesamte Nachbarschaft mit Rudeleinladungen zum Fußballgucken! Seine Terrasse würde zum grillverqualmten Hotspot plumpen Massenglücks und er würde sich einen ganzen Fuhrpark an Autos anschaffen, ungeachtet des jetzt schon herrschenden Parknotstands in unserer Straße! Hier muss gehandelt werden! Und beim Verlassen des Baumarktes mache ich dann auch keine Kompromisse: Ich gehe in den Lottoladen und fülle einen Schein aus! Denn man muss doch nur frei von Emotionen rechnen: Mein Nachbar gab mir gegenüber an, vier Euro ausgegeben zu haben: Also hat er seine Gewinnchance schon deutlich erhöht -auf 1 zu 35 Mio.! Ich aber schlage ihm ein Schnippchen; mit acht Reihen habe ich eine Quote von 1 zu 17,5 Mio! Beruhigt löse ich den Schein und liege am Abend zufrieden im Bett: Das Geld brauche ich ja eigentlich nicht! Es geht mir vielmehr darum, unsere kleine gefestigte Gemeinschaft vor der großkotzigen Tyrannei meines Nachbarn zu schützen. In der Nacht wache ich jedoch auf und überlege mir, was ich mit dem ganzen Geld machen soll. Es geht doch vor allem um die richtige Geldanlagestrategie: Risikostreuung! Ein Drittel in Immobilien. Aber nicht irgendwo auf Mallorca oder Pusemuckel; nein, am besten in unserer Gemeinde! Ich könnte alle verfügbaren Immobilien kaufen und als Vermieter dann natürlich mitbestimmen, wer in meinem Ort leben soll! Keine Spießer, Hackfressen oder Bayernfans! Der Gedanke ist brillant! In ein paar Jahren hätte ich unseren Ort nachhaltig umgekrempelt. Das ist moderne demografische Strategie! Zufrieden mit meiner Schaffenskraft schlafe ich ein.

Der Donnerstag erlebt mich souverän und gönnerhaft im Straßenverkehr und Büro. Ich merke, wie ich schon ein wenig die Dinge aus der Perspektive von oben betrachte. Nachmittags gehe ich ein früher - mein Nachbar ist aber auch schon zuhause: Sitzt auf seiner Bank, grüßt und raucht. Hat er etwa schon im Bewusstsein kommender Millionen gekündigt? So knapp wie möglich erwidere ich den Gruß, schmeiße mich in Arbeitsklamotten und gehe in den Garten. Er scheint sich seiner Sache wohl sehr sicher zu sein, der Herr Nachbar. Unwillig rutsche ich mit dem Löwenzahnstecher über den Rasen - irgendetwas stimmt nicht – Bauchgefühl - ich hab's: Er wollte mich mit seinem „die 4 Euro"-Sätzchen in Sicherheit wiegen! Hat wahrscheinlich jedoch acht oder zehn Reihen ausgefüllt!!

Mit einem Ruck stehe ich auf, stürme zum Auto und dann in den Baumarkt: Ich denke mir, wenn ich jetzt nochmal zehn Reihen tippe, ist meine Gewinnchance ihm gegenüber immer noch etwa doppelt so hoch, zudem optimiert sich meine Gewinnchance auf 18 zu 140 Millionen. Eingetippt ins I-Phone – ich erstarre: Die Wahr-

scheinlichkeit beträgt jetzt 1 zu 7.777.777!!! Sieben Sie-
benen!! Mehr Glückszahl geht gar nicht!!!

Mit einer unglaublichen Souveränität sehe ich mich
den Parkplatz überqueren und in mein Auto einsteigen.
Ich schlafe recht gut in dieser Nacht, wache jedoch vor
dem Wecker auf und gehe schon mal in die Küche, lese
nun als erstes nicht den Sport-, sondern den Börsenteil,
überdenke meine Anlagestrategien – und vergesse dabei
die Uhr! Ich muss ins Büro! Auf der Fahrt zur Arbeit
krieche ich einem Auto von "Werners freundlicher Fahr-
schule" hinterher. Nightmare!!! Mit meinen Millionen
werde ich zuerst ein paar Dekrete zum örtlichen Straßenverkehr durchdrücken!

Auf der Arbeit google ich auf Immobilienscout drei
zum Verkauf stehende Häuser in unserer Gemeinde und
vereinbare online Besichtigungstermine. Dann lasse ich
mir noch für Montag einen Termin bei meiner Bank
geben – „ mit dem Fillialleiter!" Mittags nehme ich mir
den Rest des Freitags und auch den kommenden Montag
frei. Uff, manchmal wünsche ich mir, ich könnte ein ganz
normales Leben führen.

Am Küchentisch sitzend kokketiere ich gerade mit einem Einführungskurs Golf, als ich durchs Fenster meinen
Nachbarn sehe, wie er sich auf seiner Drückebergerbank
herumflezt und telefoniert. Eventuell mit dem Makler,
oder dem Filialleiter der Bank? Ich überlege kalt und
entschlossen: Zwar sind meine Gewinnchancen doppelt
so groß, aber reicht das? Kurz darauf finde ich mich in

der Lottobude wieder und greife ...... zum Systemschein: Bis zu zehn Zahlen darf ich ankreuzen – und das mache ich auch, und zwar in vier Reihen!!

An der Kasse erstarre ich: Vor mir steht plötzlich seine Tochter, in der Hand eines dieser hirnlosen Star-Magazine. Ich verberge den Tippschein hinterm Rücken. "Dann nehm' ich noch zwei Rubbellose", höre ich sie quieken. Jetzt also noch die Rubbellosnummer! Der Konflikt tritt damit in seine offene Phase. Ich setze ein verkrampftes Lächeln auf, als sie sich umdreht und überrascht tut, als wir uns ansehen.
"Ach, hallo!", lächelt sie mich an, steckt Zeitschrift und Lose ein und verlässt mit kurzem Gruß den Shop.
Ich lege den Tippschein auf den Tresen, der Lottolakei zieht die Brauen hoch: "Äh, sind sie sicher, dass sie diesen Schein so abgeben wollen?" - "Selbstverständlich!" - "Ich meine ja nur - dieser Schein kostet sie über 800 Euro!" - "Ich weiß", sage ich und zeige auf die Box mit den Rubbellosen. "Und Lose nehme ich auch!" - "OK, wie viele?"

"ALLE!"

Diese Kurzgeschichte ist recht spontan binnen drei Tagen auf Fehmarn entstanden. Das Wettbewerbsthema „Urlaubsliebe" löste in keinster Weise einen Schreibimpuls aus, bis mir diese schräge Idee kam…

Mit der Geschichte habe ich es dann sogar in die Anthologie geschafft; meine erste veröffentlichte Kurzgeschichte;)

Der Urlaub der Anderen

„Sag mal, hast du mich nicht richtig verstanden?" Die Stimme des Mannes war klar verständlich, sie antwortete prompt: „Was ist denn jetzt schon wieder?" – „Wie oft soll ich dir noch sagen, dass ich nicht möchte, dass die ganzen Schuhe auf der einen Seite der Treppenstufen stehen! Die Treppe ist eh schon total eng. Und wenn diese ganzen Schuhe dort stehen, kommt man kaum noch nach oben!"
Sie stampfte die Treppe herab: „Wo soll das Problem sein? Wo soll das verdammte Problem sein?" Die Schritte gingen gleichmäßig kräftig nach unten, selbst auf den letzten Stufen bis auf den Laminatboden ging es rhythmisch-dynamisch: „Wo soll man hier bitte nicht herkönnen? Es gibt keine andere Möglichkeit, die Schuhe von dir, mir und Junior hier in der Bude zu deponieren! Links und rechts neben der Eingangstür ist schon die Küche, im Wohnzimmer würde man nur drüber stolpern und oben in den Schlafzimmern ist ja wohl völliger Quatsch!"

- „Aber hier komme ich kaum drüber, weil die Treppenstufen sowieso zu eng sind!", wandte der Mann ein. Die

Frau jetzt in einem versöhnlich-belehrenden Ton: „Das ist in diesen hübschen Ferienhäuschen nun mal so, aber einen anderen Platz werden wir schwerlich finden, mein Schätzchen. Wir können gerne den Bereich vor der Kommode dafür nehmen, aber dann verpflichtest du dich, einmal am Tag den Eingangsbereich und das Wohnzimmer durchzufegen. Ich putze euch in diesem Urlaub nicht hinterher!"

Damit war die Debatte entschieden. Sie fragte: „Wo ist eigentlich Marcel?" – „Auf'm Klo." – „Immer noch?!", ein zackiger Fersengang spurtete die paar Schritte durchs Wohnzimmer, eine Tür wurde aufgerissen: „Ey, was soll das?", heulte eine jugendliche Stimme von den Badezimmerkacheln verstärkt auf. „Das Bad ist eine handyfreie Zone!", zeterte es im schrillen Sopran. – „Verdammt, ich bin gerade angeschrieben worden und *muss* jetzt nur einmal kurz antworten!", dröhnte es im Stimmbruchbariton zurück. Dies alles in Stadionlautstärke.

Zumindest hört es sich so an.

Für mich.

Denn ich hatte das Apartment nebenan gebucht.

„In der idyllischen Abgeschiedenheit unseres kleinen Inseldorfes kommen Sie zur Ruhe", hatte es auf der Internetseite geheißen. *„Genießen Sie die ursprüngliche Atmosphäre des Nielsen-Gehöfts. Die Stallungen sind umgebaut zu kleinen Apartments. Ein reichhaltiges Frühstück erwartet Sie morgens zwischen 8 und 10 Uhr in der ehemaligen Bauernkate. Den Tag können Sie am*

fußläufig entfernten Strand verbringen oder Sie machen einen Aus-flug zur Inselhauptstadt, die Sie bequem über den Radweg am Deich oder in zehn Minuten mit dem Auto erreichen. Genießen sie die Abendsonne auf Ihrer eigenen Terrasse, z. T. mit Strandkorb. Ein Bäcker und ein kleiner Laden mit Artikeln des täglichen Bedarfs stehen Ihnen direkt im Dorf zur Verfügung. "

Ich hatte für eine Woche gebucht; Zeit! Endlich mal Zeit nur für mich und fürs Schreiben. Ganz allein! Morgens nicht ums Frühstück kümmern müssen, vormittags Notizen und Fragmente, dann ein kerniger Spaziergang auf dem windgepeitschten Deich – Naturerlebnis! Mit den Schritten werden die Ideen umgewälzt, fortgesponnen, Handlungsstrukturen aufgebaut, Dialoge durchgespielt. Wieder im Apartment angekommen hat man den Geschmack von Sand und Salz im Gesicht, ein Kaffee, ein Tee, Gebäck, vielleicht ein Fischbrötchen. Und dann werden in einer zweiten Arbeitsphase all diese Ideen vom Spazierengehen ausgefeilt und aufgeschrieben.

Meinen aktuellen Roman wollte ich damit ein gutes Stück voranbringen, dazu einen Wettbewerbsbeitrag für eine Kurzgeschichte verfassen, Thema: Urlaubsliebe! – dazu fällt einem ja immer etwas ein.

Abends würde ich dann mit einem Rotwein und ein wenig Käse und Oliven auf der Terrasse im Strandkorb sitzen, noch ein wenig die Gedanken fliegen lassen, um mich dann mit meinen Lieblingsserien zu beschäftigen um das Storytelling darin zu analysieren.

Doch leider ist man bei den Urlaubsapartments anscheinend in der Bauausführung recht lässig mit dem Thema Akustik umgegangen, als es galt, aus einem Kuhstall vier baugleiche Wohnungen mit eigenen kleinen Terrassen zu machen.

Im Erdgeschoss befindet man sich nach dem Betreten durch die Eingangstür direkt in der Küche; nur ein großer Schritt und man ist auf der schmalen Treppe zu den zwei oben befindlichen Schlafzimmern unterm Satteldach. Zwängt man sich an der Treppe vorbei, wird man von einem kleinen Wohnzimmer empfangen: Tisch und vier Stühle, Kommode, großer Fernseher, Lümmelcouch, hinten geht es auf die Terrasse. Unter der Treppe ist das Bad eingebaut, kleines Fenster nach hinten raus.

Die Decken und Böden ruhen auf massiven Holzbalken – doch anscheinend wurden diese zuerst im gesamten ehemaligen Stall ausgelegt, bevor man in trockenbauweise trennende Wände einzog mit dem Ergebnis, dass sämtliche Bewegung in der Nachbarwohnung klingt, als hätte man gemeinsam gebucht.

Was weiß man in der Baubranche über Schallschutz im Wohnraum? Die beste Schalldämmung bietet eine biegeweiche Wand – es muss also noch nicht einmal massiv gemauert sein! Nur ist man beim Ausbau unserer Apartments anscheinend einem anderen Primat gefolgt und hat dort nur zwei dünne Gipskartonwände an Alu-U-Träger geschraubt.

Die Familie, die zeitgleich mit mir nebenan eingezogen ist, pflegt einen – nennen wir es - offenen Kommunikationsstil.

Hier wird nicht diplomatisch geschwiegen oder mit kleinen Gesten oder Hinweisen das gemeinschaftliche Beisammensein geregelt, sondern es gilt, Konflikte im Sozialgefüge in ehrlicher, emotional authentischer Art und Weise direkt und lautstark anzusprechen.

Gleich nach der Anmeldung beschließe ich, einmal oben auf den Deich zu gehen: die frische salzige Luft, die schäumenden Wellen, der nasse Sand.
Als ich dann mit einem Köfferchen und einer Tasche in mein Apartment zukomme und mich mit meinem Gepäck an der Treppe nach oben vorbeischlängele und im Wohnzimmer stehe, hörte ich als erstes den schon beschriebenen Dialog.
Nun ja, denke ich mir, die werden tagsüber ja wahrscheinlich unterwegs sein, wenn ich meine Schreibsessions habe, und dass man nicht die Ruhe wie zuhause hat, gehört nun mal im Urlaub irgendwie dazu. Vielleicht auch eine kleine Spitze des Schicksals, weil ich zu knauserig war, die ebenfalls zur Anmietung in Frage kommende kleine alleinstehende Kate an der anderen Seite des Dorfes zu mieten.

Ich nehme meinen Koffer und bringe ihn hinauf und merke schon, dass ich unbewusst die Treppe hochschleiche. Denn der Mann und die Frau nebenan sind auch gerade ihre Treppe hinaufgegangen und es war mir, als ob ich dabeistehen würde. Da ich eher von der diskreten Sorte bin, möchte ich meine Urlaubsnachbarn mit meinen Alltagsgeräuschen verschonen.
Oben lege ich meinen Koffer auf das Bett und klappe

ihn auf, als ich bemerke, dass das Ehepaar sich anscheinend für das Schlafzimmer direkt neben mir entschieden hat.

„Ach nee, das Bett ist viel zu weich!", höre ich ihn sagen. Unmittelbar danach vernehme ich ein dumpfes Aufschlagen, als ob jemand beim Sportunterricht in eine dicke blaue Matte springt. Anscheinend ist sie ins Bett gehüpft, denn sie weiß Folgendes zu berichten: „Das federt doch ganz prima! Ich glaub, hier können wir so richtig schön poppen."

Ich erstarre, wage mich in diesem Moment kaum noch zu bewegen, geschweige denn zu atmen! Würde ich doch damit dem paarungsbereiten Pärchen unmittelbar neben mir signalisieren, dass keinen Meter entfernt ein unfreiwilliger Ohrenzeuge sein Quartier bezieht.

Aber andersherum: Was für ein Unfug! Es muss ja wohl möglich sein, jetzt meinen Urlaub zu beginnen und mich möglichst nicht von den baulichen Besonderheiten dieser Unterkunft determinieren zu lassen. Naja, aber man muss ja nicht unnötige Geräusche von sich geben.

Vorsichtig entnehme ich meinem Koffer einen Stapel T-Shirts und zwei Jeans. Ich mache den Kleiderschrank auf und sofort einen Satz nach hinten: Im Schrank sitzt Ulrich Mühe, der Stasi-Hauptmann und Ober-Abhörer aus dem DDR-Drama *Das Leben der Anderen*.

Er hat altertümliche Kopfhörer auf, vor ihm ein kleines Schreibpult mit einem dienstlich gelieferten Block und Bleistiftnotizen, hinter ihm dreht sich ein Tonband. Mit dem Zeigefinger vor den Lippen bedeutet er mir, ruhig zu sein!

„Was ist das jetzt?" Ulrich flüstert zurück: „Psst! Das ist eine Abhöraktion! Sie stören die Arbeit des Ministeriums für Staatssicherheit!"

Eine völlig groteske Situation! „Von Abhören kann überhaupt keine Rede sein! Es ist eher so, dass einem das Zuhören aufgenötigt wird!" – „Sei's drum", flüstert Ulrich. Er weist auf die Zwischenräume unter seinem Tischchen, seinem Hocker und einem Regal über ihm: „Hier können Sie ihre Sachen einsortieren. Bitte passen sie auf, dass sie nicht das Tonband berühren oder sonstige elektrische Geräte. Und vor allem keine Kunstfaserkleidung in der Nähe der Lampe." Über ihm – in den Schrank eingebaut – befindet sich eine viel zu starke Glühbirne. ‚In dem Schrank könnte man eine Operation durchführen, so hell ist das Dingen', denke ich, während ich meine Kleidung sorgfältig dort verstaue, wo Ulrich es mir vorgeschlagen hat. Netterweise räumt er noch aus einem kleinen Sockenfach seine Butterbrotdose heraus, dann schließt er mit einem kurzen Nicken die Tür des Schrankes von innen.

„Was glaubst du, ist es eher so ein knarrendes oder quietschendes Bett?", höre ich den Mann fragen. Es folgen wippende Geräusche bis zum Ächzen von Holzscharnieren. „Knarrend", sagt die Frau. Ich flüchte aus dem Haus. Mein erster Spaziergang: Nochmal zum Deich, dann ein Stück weit gegen den Wind, um dann in einem Bogen durch das Dorf zurückzukehren.

Ich denke nach: Nachher werde ich das andere Schlafzimmer beziehen – habe ja wirklich keine Lust, Wand an Wand mit paarungsfreudigen Urlaubern und mit

Ulrich Mühe im Schrank zu übernachten.

Jetzt gilt es, den Kopf freizukriegen und sich den literarischen Projekten zu widmen. Für meinen Roman fehlt es mir momentan an der richtigen Gemütslage, also spiele ich verschiedene Plots zum Wettbewerbsthema „Urlaubsliebe" durch, während ich mit einer etwas zu dünnen Jacke bekleidet gegen den steifen Wind oben auf dem Deich angehe. Mir fallen Stories ein wie „Jugendliebe des Protagonisten bezieht das Apartment neben ihm"; „Beim Einkaufen im kleinen Supermarkt des Urlaubsortes fällt ihm diese Kassiererin auf"; „Die Augen des Kochs beim Buffet hatten sie schon am ersten Tag verzaubert" oder „Huch, eine Doppelbuchung im Hotel: Jetzt wir müssen uns das Zimmer teilen".

Als ich reichlich durchgepustet vom Wind den Deich verlasse, muss ich feststellen, dass alle Ideen in der Originalität irgendwo zwischen Rosamunde Pilcher und Erotikdrehbuch anzusiedeln sind. Missmutig stapfe ich zum kleinen Dorf, beschließe, meine ersten Einkäufe zu erledigen. Der Dorfladen hat in etwa die Ausmaße eines größeren Wohnzimmers, zwei mittige Regalreihen sorgen für eine Art Warenvielfalt und teilen den Laden in drei Gänge, die Kassiererin ist gleichzeitig für die direkt neben der Kasse liegende Kühltheke mit Wurst- und Käsesorten zuständig.

Ich habe mir einen kleinen Einkaufskorb um den Unterarm gelegt, Einkaufsliste: etwas frisches Obst und Gemüse zum Knabbern, Rotwein, Wasser, vier, fünf Käsesorten, Oliven, dazu eine Zeitung: FAZ oder Süddeutsche. Zum Naschen vielleicht abgepackte Datteln oder Feigen.

Ich schlendere an der Miniauswahl an Obst und Gemüse vorbei. Es gibt Äpfel und Birnen aus Chile, das lehne ich ja grundsätzlich ab. Die Bananen sind alle schon ein bisschen reif, ich mag es, wenn sie an den Seiten noch grün sind. Eine Melone ist mir jetzt zu schwer. Am Boden steht ein Korb mit Äpfeln aus der Region – alle etwas hutzelig und schrumpelig – und ob da Würmer drin sind und wie die schmecken, weiß man ja auch nicht: Ich nehme vorsichtshalber erstmal nur einen. Die Gemüseauswahl ist sehr übersichtlich, ich greife zu einer Gurke. Cerealien, Brot usw. kann ich links liegen lassen, ich hab' ja Frühstück gebucht. Schon bin ich am Ende des ersten Gangs und stehe an der Kopfseite des Regals, wo ich getrocknetes Obst und Ähnliches vermute, da höre ich eine schneidend hohe Stimme aus dem Mittelgang: „Kannste die Dinger jetzt wenigstens für den Einkauf ablegen, damit wir uns darüber verständigen können, was wir einkaufen wollen?!" Es ist die Frau, meine Feriennachbarin, die ihren halbwüchsigen Sohn im ganzen Laden unüberhörbar anfaucht. Der nimmt mit einem Gesichtsausdruck zwischen abgetörnt und grenzdebil bullige Kopfhörer von den Ohren. „Was hab' ich jetzt schon wieder verbrochen?", fragt er, ohne dabei die Zähne auseinanderzunehmen. Der Mann baut sich vor ihm auf: „Wir wollen gemeinsam einkaufen! Würdest du jetzt dich bitte daran beteiligen!" Seine Stimme taugt als Paradebass für jeden Männerchor. Der Sohn zieht gelangweilt eine Chips- und eine Nachotüte aus dem Regal und wirft sie in den Korb, den der Mann trägt. „Und noch zwei Flaschen Cola, mehr brauch' ich nicht", kommt es aus dem geschlossenen Mund gezischt, dann noch ein „Soll ich das tragen?", woraufhin er den Korb erhält und sich dann die Kopfhörer wieder aufsetzt.

„Typisch westlich-dekadente Erziehungslosigkeit!", sagt Ulrich, der geduckt an der Stirnseite des anderen Regals – quasi direkt neben mir - steht, und zwischen zwei Klarspülern zu der Familie späht. Er macht ein paar Notizen auf einen Block, graues Papier. Darauf sind vorgedruckte Felder: Datum, Uhrzeit, Ort, Observationsperson, darunter der Bereich für Notizen, ganz unten Unterschrift, Dienstgrad. „Hast du hier irgendwo Datteln oder Feigen gesehen?", flüstere ich ihm zu. „Was soll das sein?" Ach ja, er ist ja in der Rolle, DDR-Mangelwirtschaft und so. Ich schaue mich um, aber derartige Früchte gibt es nicht. Hm, dann vielleicht was anderes zu knabbern.

Gleich hinter Ulrich sind die alkoholischen Getränke: Es gibt einfachen Weiß- und Rotwein, praktischerweise im Tetrapack. Ansonsten Sekt, auch lieblich, und im gesamten Rest des Regals Bier in allen erdenklichen Variationen. „Aber bitte kein Radeberger", höre ich Ulrich sagen, als er hinter dem anderen Regal eine neue Position bezieht.

An der Kasse stehe ich hinter der Familie, mustere meine Feriennachbarn und ziemlich konsterniert auch die kleine Kühltheke.

Der Mann ist ziemlich groß, bestimmt 1,90 m, dazu mit moppeligen Hüften. Auch sie ist mit etwa 1,80 eine recht große Frau, dazu ein stabiler Körperbau. Der Sohn, etwa 15, ist lang und schlaksig. Sein Gesicht versteckt er unter einer tief heruntergezogenen Basecap und riesigen Kopfhörern, darüber noch die Kapuze seines Hoodies. Der Kopf ist nach unten gebeugt und er starrt auf sein Handy. Durch einen filigranen Tanz des Daumens auf dem Display wird unentwegt kommuniziert.

Die Frau an der Kasse packt gerade noch die Waren, die das Ehepaar von der Kühltheke geordert hat, in den Kassenbereich. Sie haben sich fünf Sorten Wurst und Schinken abschneiden lassen und das letzte Stück Brie gekauft.

An Käse ist an diesem Witz von Kühltheke nur abgepackter Scheibenkäse zu sehen und ein letztes Stück junger Holländer Gouda. Naja, besser als nichts.

Die Familie verstaut ihren üppigen Einkauf in drei Tüten, mechanisch nimmt der apathische Sohn eine davon an. Im Rausgehen zieht der Mann seine Frau unvermittelt in den Arm, küsst sie auf die Wange und murmelt „Heute Abend machen wir es uns so richtig gemütlich, mein Hasenzähnchen!" – „Da freu ich mich drauf, mein Mümmelbäckchen." Sie lächelt ihn an und umfasst ihn an der Hüfte, nach ein paar Schritten steckt sie ihre Hand in seine hintere Hosentasche.

„Haben Sie die FAZ oder SZ?" – „Wie bitte?" Die Kassiererin guckt mich an, als ob ich sie gefragt hätte, ob sie sich vorstellen könnte, in einer Kurzgeschichte über Urlaubsliebe mitzuspielen. „Zeitungen?", präzisiere ich. „Nur die hier." Ich seufze.

Als ich aus dem Laden raus bin, schaue ich meine Einkäufe an: ein Apfel, eine Gurke, eine Tüte Chips, zwei Dosen Faxebier und ein Sixpack Astra Kiezmische, ein abgepacktes Stück Gouda, eine Tüte Haribo und die Bildzeitung.

Im Apartment angekommen schiebe ich den Einkauf einfacherweise komplett mit Tüte in den Kühlschrank. Wie sollen einem da Ideen kommen? Wie soll man hier eine kreative Atmosphäre aufbauen?

Ich muss aufs Klo. Als ich mich gerade hingesetzt habe, höre ich, wie im Bad nebenan, das praktischerweise direkt an mein Bad grenzt, auch jemand muss. Rein vom Geräuschpegel komme ich mir vor wie auf einer öffentlichen Toilette. Als wenn direkt neben mir jemand auf dem Pott sitzen würde, selbst die etwas gepresste Atmung ist deutlich zu vernehmen.

Ich schaue mich um: Rechts oben ist eine zusätzliche Belüftung eingebaut – wahrscheinlich an der gegenüberliegenden Seite ebenfalls. Dies sorgt für das authentische Hörerlebnis. Nebenan hat jemand deutlich Verdauung. Nach dem ersten Platschen kommt sofort eine kurze Klospülung. Dann geht es noch ein bisschen weiter, Klopapier – Abputzen – nochmal die Klospülung, diesmal lang. Dazu wird die Bürste benutzt und schließlich am Klorand ausgeschlagen. Waschbecken, Seifenspender, Händerubbeln, unters Wasser halten, fertig.

Beim Öffnen der Tür ruft der Mann munter ins Haus: „Das Klo ist bis auf Weiteres gefährliche Zone!" – Sie von oben: „Haste wenigstens mit Gnadenspülung gearbeitet, mein Schnurzelchen?" – „Ja sicher, mein Moosröschen!" – „Und haste das Fenster aufgemacht?" – „Oh, vergessen, wird erledigt!" – „Schatzi, machste schon mal die Wurstplatte fertig für draußen? Ich räum' die Koffer noch aus!" – „Natürlich Mausi, weißt doch, ich bin der Experte für Fleischwaren, hahaha!" Von oben kommt ein niedliches Wiehern.

Jetzt ist die Luft zwar nicht unbedingt rein, aber zumindest das Bad nebenan nicht besetzt, so dass ich das Notwendigste erledigen kann.

Aus dem Kühlschrank greife ich eine Astra-Kiezmische, ein paar gewürfelte Goudastücke und einen Notizblock, gehe raus auf die Terrasse. *„Zum Teil mit Strandkorb"* hatte es geheißen – ich habe keinen. Stattdessen erwartet mich praktisches Terrassenmobiliar aus Hartholz, die Stühle haben noch nicht einmal Seitenlehnen. Ich seufze, hole noch vom Sofa ein Kissen, benutze einen Stuhl als Ablage für meine Füße und schaue mir die gegenüberliegende Deichkrone an, die sich nach einer langgestreckten Schafsweide auftürmt. ‚Komm jetzt!', sage ich zu mir. ‚Jetzt wird hier nicht lamentiert. Lass einfach los, schieb die Gedanken weg und suche nach Inspiration: Urlaubsliebe! Da muss es doch mehr geben als dieses erstaunte „Ach, du bist auch hier?", das nachdenkliche „Warum sieht er mich so an?", und die „Wir? Im gleichen Hotel?!"-Geschichten. Vielleicht was mit Piloten oder Flugbegleitern? An jeder Destination nur kurze Bekanntschaften und plötzlich...; oder als Sozialdrama: Gepäcksklave am Flughafen verliebt sich in Putzfrau. Oder halt Liebe im Alter - schöner Titel: Herbstwind! Oder eher modern, gleichgeschlechtlich oder verschiedene Ethnien?

Ist eigentlich alles nichts Originelles, dieses doofe Thema ist zäh und schon längst auserzählt wie die Lindenstraße. Und die Kiezmische ist auch schon leer. Als ich mir eine neue geholt und mich wieder hingesetzt habe, fliegt nebenan die Terrassentür auf und der Mann kommt fröhlich flötend heraus. Mobiliar wird bewegt, ein Teller abgestellt, eine Bierflasche mit Bügelverschluss mit einem optimistischen „Plopp!" geöffnet.

„Hummelchen, kommst du?", tönt es im Donkosakenbass. Ulrich hat sich eng an die Abtrennungswand gepresst – aus seiner steingrauen Übergangsjacke zieht er wieder den Block und schreibt eifrig. „Hier ist immer was los!", zwinkert er mir zu.

„Jahaa!", tirilliert sie und kommt die Treppe herunter. „Was ist das?", tönt es von innen. „Watt is?", fragt der Mann. „Ist ja nett, dass du schon draußen bist, aber hast du dir mal die Küche angesehen?" Ein Seufzer ist die Antwort, der sich anhört, als wüsste er schon, was jetzt kommt. Sie schrill: „Ich bin hier nicht dafür zuständig, euch immer und alles hinterher zu räumen, habt ihr mich verstanden? In diesem Urlaub werde ich nicht die mobile Putze sein, die ständig dafür sorgt, dass das Nest in einem gebrauchsfertigen Zustand ist, nur damit ihr unversehens wieder alles durcheinander und dreckig machen könnt, habt ihr mich verstanden?"

Der Mann duckt sich anscheinend in den Strandkorb. „Marcel! Hast du das verstanden?" – „Ja!", kommt es aus dem oberen Zimmer zurückgeleiert. „Marcel, komm mal her!" Der Junge kommt hörbar aus seinem Zimmer geschlurft. „Was ist denn jetzt schon wieder?"- „Ich wusste genau, dass du noch die Schuhe anhast. Ausziehen, aber dalli, und hier vernünftig in die Treppe gestellt!" Und zu ihrem Mann: „Hast du mich auch verstanden, Bärchen?" – „Ja, mein Täubchen, 'Tschuldigung!" – Sie versöhnlich: „Dann komm her und räum' in der Küche auf, du Ringelschweinchen!"

Den Rest des Abends verbringe ich unbeweglich und in innerer Einkehr auf der Terrasse. Mir gelingt es nur leidlich, das Geturtel des Ehepaares auszublenden, das sich beim Verzehr ihrer Wurstplatte und des Flaschenbiers im Strandkorb richtig gut amüsiert.

Ich selbst sollte jetzt nicht so verbissen sein, sage ich mir. Dass ich jetzt noch keinen Ansatz für die Kurzgeschichte – geschweige denn, die notwendige inspirierende Ebene für meinen Roman gefunden habe – sollte mich nicht tangieren. Man muss sich mit der aktuellen Situation arrangieren, das heißt, eine innere Haltung aufbauen, die es einem erlaubt, den störenden Dingen um sich herum mit der notwendigen überlegenen Gleichgültigkeit zu begegnen.

Nach der ersten Faxe-Bierdose und der Chipstüte steht mein Plan für morgen: Normalerweise wache ich selbst im Urlaub etwa um halb sieben auf. Dann freue ich mich, dass ich frei habe, drehe mich um und schlafe nochmal zwei Stündchen.

Morgen werde ich es jedoch so halten, sofort aufzustehen um den jungen, beginnenden Tag zu nutzen. Nach einer ersten Stunde am Rechner, in der ich frei assoziiere und meine Gedanken aufschreibe, werde ich spätestens um acht als erster beim Frühstück sein, um daraufhin dann einen schönen Spaziergang zu unternehmen, mit reichlich Seeluft und kreativen Gedanken. Das Vorhaben findet bei mir allgemeine Zustimmung; da Ulrich im Moment nicht da ist, kann ich ja auch noch die zweite Faxedose trinken.

„Marcel, du stehst jetzt augenblicklich auf, wir müssen zum Frühstück!!"
Die Worte treffen mich, als würde ich im Bett von Marcel liegen. Mit einem Ruck fahre ich hoch, bereit, mich zu verteidigen, so nah und bedrohlich klang die harsche Ansage, gleichzeitig kommt Ulrich ins Zimmer getaumelt, hält sich die Ohren. „Die brüllt genau ins Mikrofon!", sagt er mit schmerzverzerrtem Gesicht.
Ich luge auf die Uhr: Es ist zehn vor zehn. Die Familie und ich sind die letzten Gäste im Frühstücksraum. Sie und er haben sich den Teller vollgehäuft, der Sohn schmiert sich kraftlos ein halbes Nutellaglas auf sein Brötchen, schlaffe Körperhaltung, den Blick starr auf sein Handy neben dem Frühstücksteller, die Kopfhörer sind anscheinend doch nicht angewachsen: Er trägt sie um den Hals.
Ich bin etwas verkatert, trinke eigentlich selten Bier. Eher appetitlos befülle ich meinen Teller am Buffet und bestelle Kaffee. „Hmmm! Echter Bohnenkaffee", schwärmt Ulrich, geduckt hinter einer kleinen Vase mit Plastikblumen. „Nicht dieser Muckefuck, den wir so gewöhnt sind." – „Sorry, Ulrich!", insistiere ich flüsternd, „du bist Schauspieler im vereinigten Deutschland

gewesen und hast jahrzehntelang Bohnenkaffee getrunken. Jetzt tu bitte nicht so." – „'Tschuldigung. Bin halt noch voll in der Rolle! Method-Acting, you know?" – „Alles klar", winke ich ab, während Ulrich die Familie beobachtet und sich Notizen auf einer Papierserviette macht, da er anscheinend seinen dienstlich gelieferten Schreibblock im Apartment vergessen hat.

„Und was sollen wir heute machen, meine Lotusblüte?" Der Mann ist schon recht munter. „Marcel darf sich was aussuchen!", intoniert fröhlich die Mutter. Marcel bewegt kaum den Mund: „Bei dem Scheißwetter werde ich mit Sicherheit nirgendwo hingehen!"

„Tja, mein Bommelmoppel, da werden wir beiden Hübschen wohl alleine was unternehmen müssen." Die Frau schaut vergnügt ihren Mann an, er erwidert munter ihren Blick und zwinkert ihr zu. Auf dem Rückweg zum Apartment geht ein typisch norddeutscher Sprühregen hernieder. Das Ehepaar verabschiedet sich vom Sohn. Junior verkrümelt sich in sein Zimmer und aktiviert seine Bluetooth-Box.

Irgendwas zwischen Speed- und Trashmetal.

Im Wohnzimmer ist es noch am wenigsten zu hören, an Arbeiten ist nicht zu denken. ‚Ich könnte ja die abendliche Seriengeschichte vorziehen', denke ich mir, mache es mir auf dem Lümmelsofa gemütlich und nehme mir mal kritisch die erste Folge von Game of Thrones vor – wie billig gestrickt: Etwa ein halbes Dutzend Mal wechseln sich Nackt- und Meuchelszenen ab - Sex sells! Crime auch!

Da es anscheinend aufgehört hat zu regnen, beschließe

ich nun einen Spaziergang zu machen, um noch einmal dieses Liebesthema aufzugreifen.

Ich kämpfe mich auf dem Deich gegen den Wind, beginne mit einem Brainstorming – Thema: außergewöhnliche Paargeschichten. ‚Kleinwüchsiger aus gutem Hause verliebt sich in Prostituierte‘, ‚Inzest in Adelsfamilien‘, ‚Mensch und Wolf – die archaische Form der Männerliebe‘ – irgendwie spukt mir diese Serie anscheinend noch im Kopf herum.

Als ich so über den Deich stapfe, bemerke ich, dass das Ehepaar vor mir geht. Sie tragen beide die gleiche wasserdichte Windjacke – eine Kombination aus türkis und grün. Hand in Hand schlendern sie über den Deich. Ich verlangsame meinen Schritt, habe wirklich keine Lust, zu ihnen aufzuschließen. Dann beginnt es wieder zu regnen. Erst so ganz fein. Nicht von oben nach unten, sondern waagerecht von vorne weht es mir wie aus einem Zerstäuber entgegen. Ich habe keine wasserfeste Jacke, sondern nur einen Baumwollhoodie angezogen. Aber die kleine dicke Wolke da vorne am Himmel ist bestimmt gleich weg. Als ich endlich nach links vom Deich weg abbiege, stelle ich fest, dass das Paar noch weiter geradeaus gegangen ist. Sie sind auch schon ziemlich weit entfernt, gehen anscheinend richtig flott. Ich sehe sie, als der Regen nun deutlich stärker wird, sogar Hand in Hand im Hopserlauf über den Deich hüpfen, seine dunklen und ihre spitzen Lacher werden vom Wind bis zu mir getragen.

Ich vergrabe die Hände in den Taschen, ziehe die Schultern hoch und schlage ein strammes Tempo an.

Nach einem Kilometer, bei dem mir der Regen zuverlässig die ganze rechte Seite eingenässt hat, kann ich wieder links abbiegen Richtung Dorf. Nach zehn Minuten bin ich jetzt auch von hinten nass: Ich kehre in den Dorfladen ein, kaufe Chips und fünf Dosen Faxebier. Einen Schirm haben sie nicht. Auf dem letzten Kilometer werde ich auch noch von links nass, dann bin ich wieder im Apartment. Der Sohn hat mit seinem infernalischen Lärm inzwischen aufgehört, ich ziehe mich im Bad aus, die Klamotten in die Duschtasse, und schlüpfe in einen Jogginganzug.

Scheißwetter, klitschnass geworden und inzwischen 12 Uhr mittags: Ich beschließe, mich einfach mal hängen zu lassen, ziehe eine Faxedose auf und schaue mir drei weitere Folgen von Game of Thrones an. Die Nacktszenen werden etwas weniger, die Gemetzelszenen dafür etwas mehr; aber alle Achtung: Nach vier Folgen gibt's schon fünf Handlungsstränge! Das sollte man mal weiterverfolgen.

Dann muss ich erstmal aufs Klo. Während ich da so sitze, höre ich, wie meine Nachbarn zurückkommen. „Uuuh, war das schön!", sagt sie. „Was für ein Wetter!", stimmt er ihr zu. – „Mausebär, ich möchte ganz schnell raus aus den Klamotten und duschen – machst du uns einen Kaffee und was zu knabbern?" – „Natürlich, mein Sahneschnittchen!", schnurrt es von Mausebär zurück.

Sie kommt ins Bad, ich habe den Eindruck, als würde sie bei mir reinkommen. Sie summt vor sich hin, während sie sich auszieht und aufs Klo geht; ich halte fast atemlos ein: Jede kleinste Regung von ihr dringt durch den Luftabzug zu mir herüber. Dann macht sie die Dusche an, stellt sich drunter und zieht die Glastür zu – das Zeichen für mich, mich zu entspannen und es laufen zu lassen.

Doch schon geht die Badezimmertür drüben wieder auf: „Ist denn da noch Platz für mich?", tönt es vergnügt wie Samson aus der Sesamstraße. Sie gickert: „Wir können's ja mal versuchen." Die Glastür wird aufgeschoben. „Na, ihr beiden Süßen?", höre ich ihn neckisch fragen. „Da freut sich aber einer, uns zu sehen. Dann komm mal her, du kleiner Lümmel!"

Ich winde mich auf dem Klo. Zwei große, stämmige Menschen nackt in einer Duschtasse im Stehen – und was ich da höre, mag ich mir gar nicht vorstellen.

„Das kann man sich nicht vorstellen!", sagt Ulrich. Er steht auf dem Badhocker und lugt durch ein schmales Gerät, das aussieht wie ein langer Strohhalm. Er hat es durch die Lamellen meines Lüftungsschlitzes gesteckt und späht durch die Öffnung.

„Aber wir müssen leise sein wegen des Jungen!", sagt sie. ‚Donnerwetter!', denke ich. Sie benutzt den Genitiv. „Aber dafür kein Präservativ", weiß Ulrich zu berichten. Ich flüchte mit der Jogginghose noch an den Knöcheln aus dem Bad.

Die ganze Woche blieb das Wetter unbeständig.

Am Abreisetag stehe ich wieder vor dem Kleiderschrank, Ulrich hat seine Hauptmannsuniform der NVA angezogen. „Macht man so, wenn man verlegt wird." Nebenan feuert die Mutter den Sohn an, die

Tasche vernünftig zu packen und ihren Mann, endlich den Müll und das Altglas rauszubringen – die fahren also heute auch. Ich greife die Socken aus Ulrichs Butterbrotfach und ziehe folgendes Fazit meines Schreiburlaubs: Der Apfel und die Gurke vom ersten Einkauf befinden sich noch im Kühlschrank, dafür habe ich aber 19 Dosen Faxebier geschafft. Momentan bin bei der vierten Staffel von Game of Thrones, meinem Roman habe ich nicht eine Zeile zugefügt und ansonsten nur diese Kurzgeschichte hingekriegt.

Naja, für den Wettbewerb.

Heute, an meinem Abreisetag, ist auch Einsendeschluss und eigentlich sollte es ja eine Liebesgeschichte werden. Soll ich noch was umschreiben? Geht da irgendetwas? Natürlich! Eine platonische Liaison mit Ulrich! Der macht eine alarmierte, abwehrende Handbewegung, dazu schüttelt er energisch den Kopf, setzt sich rasch wieder in den Kleiderschrank und macht die Tür von innen zu.

Wegen meines eigenen desolaten Trainingszustandes in Folge von Pandemie und erstem Lockdown habe ich aus selbsttherapeutischen Gründen diese Geschichte über den Kampf mit den inneren Mächten geschrieben..

Tierische Coronawampe

Die vielfältigen Auswirkungen der allgegenwärtigen Pandemie haben umfassend in unseren Alltag eingegriffen. Unter den vielen Veränderungen, die diese Zeit für den einzelnen mitbringen konnte, habe ich bei mir vor allem zwei wahrgenommen: körperliche Lotterhaftigkeit und das Anschaffen von Haustieren. Doch beides wurde mir erst so richtig bewusst, als ich bei einer Forsa-Umfrage teilnahm. Als interessierter Bürger bin ich im Umfragepool dieses großen Meinungsforschungs-Institutes. Die letzte Umfrage galt dem Lebensstil während der ersten Lockdownphase.

Frage: „Hat sich ihr wöchentlicher Bewegungsumfang während bzw. seit dem Lockdown verändert?"

Ankreuzen konnte man folgende Möglichkeiten:

„Mein Bewegungsumfang ist…

- …deutlich zurückgegangen
- …ein wenig zurückgegangen
- …gleich geblieben
- …etwas gestiegen
- …deutlich gestiegen
- …weiß nicht."

Ehrlicherweise habe ich, ohne die anderen Möglichkeiten weiter durchzulesen, die erste Antwortmöglichkeit -

„deutlich zurückgegangen" - angekreuzt.

Ähnlich verfuhr ich bei den darauffolgenden Fragen und gab zu, „deutlich zugenommen" und etwa „5-15% mehr Alkohol" konsumiert zu haben.

Jetzt ist Hochsommer und ich habe ein Gewicht, das ich normalerweise Mitte Januar nach einer sehr verlotterten Weihnachts- und Sylvesterzeit hätte.

Entsprechend sollte es ab heute mein Bestreben sein, mich dieser Coronawampe zu stellen.

Schließlich fühle ich mich in einem Teil meiner T-Shirts nicht mehr wohl; bei einigen Hemden geht die Knopfleiste beim Einatmen auseinander und in einigen Hosen bleibt mir die Luft weg, wenn ich mich zum Schuheanziehen bücke.

Damit muss ab heute Schluss sein!

Deshalb fange ich morgen mit einem Fitnessprogramm an!

Am Abend beginne ich schon mit den Vorbereitungen und fläze mich nicht vor dem Fernseher herum: Stattdessen sitze ich am Computer mit einem diesmal nur kleinen Bier und einem Teller Schnittchen - ich habe auf den Käse und die Salami extra Gurken und Tomaten geschnitten. Ich schreibe einen Trainingsplan.

Meine Frau habe ich streng angewiesen, die Chips und die Haribos bestmöglich zu verstecken.

Der nächste Tag: Ich bin nach der Arbeit schon früh zuhause und voller Tatendrang. Als Einstieg steht heute ein Freeletics-Training und eine Dehneinheit an – um mal alle Muskeln anzutriggern und dem Körper zu signalisieren, dass ab heute die Uhren anders ticken!

Im Youtube-Video steht ein stark bemuskelter, überdefinierter Trainer in einem mit Backsteinwänden verzierten Trainingsraum; ich stehe ihm gegenüber in meinem Wohnzimmer.

Der Trainer erklärt mir auf englisch, worum es in diesem Training geht und dass man sich zuerst warm machen muss – Musik wird eingespielt und er fängt an, auf der Stelle zu marschieren – ich marschiere mit.

Es folgen Seitsteps, Hüpfen, Kniehebeläufe, Hampelmänner – fertig.

Im Video erfolgt ein Schnitt: Der Trainer hat ein anderes Muskelhemd an und ist ausgeruht – ich atme spürbar in meinem achselfeuchten T-Shirt.

Die erste Übung: Kniebeugen. Der Trainer erklärt, dass ich auf einen geraden Rücken achten muss und darauf, dass das Gewicht auf den Fersen liegen soll. 40 Sekunden. Dann 20 Sekunden Pause, in denen er die nächste Übung erklärt: Liegestütz, abgestützt auf den Knien. 40 Sekunden. Dann erklärt er die nächste Übung: lange Ausfallschritte mit dynamischem Zurückfedern in die geschlossene Ausgangsstellung. 40 Sekunden.

Ich drücke auf Pause. Ich atme schwer, der Schweiß rinnt mir den Rücken herunter und tropft mir von der Nase. Handtuch, Wasserflasche.

Bisher waren es drei von acht Übungen.

Ich drücke wieder auf Start: Sit-Ups. Ich soll darauf achten, dass der Kopf gerade nach oben Richtung Decke geht.

Es folgen schnellkräftige Backkicks im Seitstep, Skippings auf der Stelle, seitliche Planke - abwechelnd rechts und links.

Eine Kombination als Abschlussübung: Hocksprung –
in Abfahrerhaltung landen – Sprung in den Liegestütz –
Anhocken und wieder Hocksprung.

Nach den Skippings habe ich wieder auf Pause gedrückt, die Abschlussübung nach fünf Hocksprüngen
abgebrochen.

Ich ringe um Atem, habe kaum die Luft zu trinken,
Schweiß läuft mir in die Augen. Der Trainer erklärt
mir, dass dieser Durchgang noch zweimal wiederholt
wird.

„Völlig bescheuert!", höre jemanden sagen und blicke
mich überrascht um. Neben mir steht mein innerer
Schweinehund, schaut auf das Standbild des Berufsath-
leten und pocht sich mit dem Zeigefinger an die Stirn.

„Du willst doch nicht zu Olympia! In deinem Trai-
ningszustand reicht es vollkommen, jede Übung je nach
Anstregungsgrad fünf bis zehnmal zu wiederholen.

Das klingt vernünftig.

Den nächsten Durchgang schaffe ich mit diesem Tipp
ganz ohne längere Zwischenpause, ich habe mich vor
allem an den fünf Wiederholungen orientiert, denke
mir, ich kann mich ja noch beim dritten Durchgang auf
10 steigern.

Nach dem zweiten Durchgang meint mein innerer
Schweinehund, dass mein Trainingsziel, nämlich alle
Muskeln mal wachzurütteln, doch schon erreicht sei.

Wo er Recht hat, hat er Recht.

Nach 20 Minuten Workout öffne ich ein alkoholfreies

Weizen und setze mich zufrieden auf die Terrasse – ein Anfang ist gemacht.

Am nächsten Tag steht ein lockerer Dauerlauf auf dem Plan. Der Schweinehund hat zunächst Bedenken wegen des Wetters: Bei 10% Regenwahrscheinlichkeit würde er eher nicht laufen, denn bei meinem Glück würde es genau dann anfangen, wenn ich draußen zwischen den Feldern weit und breit ungeschützt bin. Zudem sei es doch recht schwül – für den Kreislauf eine zusätzliche Belastung, außerdem würde diffuses Sonnenlicht ganz zuverlässig für einen Sonnenbrand sorgen. Entsprechend setze ich eine Kappe auf, nehme eine Trinkflasche mit und plane die Strecke so, dass ich nicht wie gewöhnlich einen großen Bogen laufe, sondern immer nur „ums kleine Feld". Damit habe ich nämlich den Vorteil, bei einem unwahrscheinlichen Wolkenbruch schnell zuhause zu sein, zudem könnte ich meiner Tagesform entsprechend immer noch eine Runde dranhängen! Nach zwei Kilometern muss ich eine Gehpause machen. Von Wolken keine Spur, aber ein netter Wind erfrischt. Allerdings muss ich feststellen, dass mein gewohnter Laufrhythmus doch von der funktionslosen Schwungmasse, die sich in der Lockdownzeit an meinen Hüften gebildet hat, erschwert wird. Zudem bin ich recht schnell außer Atem.

„Du kannst ja nach jeder Runde eine Pause machen!", rät mir der Schweinehund, was ich sehr einleuchtend finde. Eine Runde hat etwa einen Kilometer, dann sammele ich so Stückchen für Stückchen die Kilometer zusammen, vielleicht sogar mehr als die urspünglich angestrebten sieben bis acht.

Nach insgesamt fünf Kilometern mit vier Pausen ist Feierabend. „Rom ist auch nicht an einem Tag erbaut worden", meint mein Schweinehund und klopft mir tröstend auf die Schultern. Ich stimme ihm zu: „Aller Anfang ist schwer, doch jeder Weg beginnt mit dem ersten Schritt!"

Zuhause liege ich an diesem Abend auf der Couch, mein Schweinehund hat es sich auf meinem warmen Bauch bequem gemacht und lässt sich von mir streicheln.

„Das hast du gut gemacht,", sagt er mir, „da hast du dir morgen eigentlich eine Pause verdient." Ich grüble und werde etwas misstrauisch: Ist doch klar, dass mein innerer Schweinehund mir diesen Tipp gibt. Er ist in der Coronazeit ja auch prächtig gewachsen. Er möchte mich Schritt für Schritt dazu bringen, mein neues Athletenleben aufzugeben und in alte Gewohnheitsmuster zurückzufallen. Ich durchschaue ihn, darin liegt glaube ich ohnehin eine meiner Stärken.

Ich kraule ihn hinter den Öhrchen und wiege ihn dadurch in Sicherheit.

Plötzlich merke ich, wie sich etwas samtig weiches angenehm an meine müden Beine schmiegt: Es ist die Naschkatze. Sie schnurrt und maunzt, kuschelt sich schließlich zum Schweinehund auf meinen Bauch. ‚Wie schön friedlich hier Hund und Katze doch nebeneinanderliegen`, denke ich sentimental.

Dann frage ich meine Frau: „Können wir ein paar Haribos aufmachen?" Sie blickt mich erstaunt an: „Wolltest du nicht, dass ich sie vor dir verstecke?"

Der Schweinehund knurrt, die Naschkatze faucht, ich vermittle: „Schatz! Ich bin jetzt bei Tag 2 meines Athletikprogramms. Ich habe heute gut reingehauen und möchte einfach ein paar Haribos haben – die verbrenne ich doch morgen sofort wieder."

Meine Frau seufzt und zieht die Schublade des Fernsehschranks auf – zehn Minuten später ist die Tüte leer.

Am nächsten Tag – es ist Tag 3 meines Sportprogramms, muss ich nach der Arbeit erst mal auf die Couch: Ich habe ein lange nicht erlebtes Körpergefühl – ich scheine nur aus einem einzigen Muskel zu bestehen. Und dieser Muskel hat einen höllischen Kater.

Mein Schweinehund liegt neben mir auf der Couch und schaut mich mitleidig an: „Du warst soooo fleißig an den letzten beiden Tagen! Bei deinem Alter darfst du jetzt nicht übertreiben!"

Ich habe mal gelesen, dass das Beste gegen starken Muskelkater moderate Bewegung ist. Kaum, dass ich daran gedacht habe, macht der Kater einen bedrohlichen Buckel, zeigt mir die Zähne und zischt mich an: „Untersteh dich bloß, dich irgendwie zu bewegen!"

Unvermittelt richte ich mich auf, da zieht er mir schon mit seiner Pranke über den Bauch. Puh!! Das sind Schmerzen!! Da sollte man besser liegenbleiben!

„Tu dir die Ruhe an!", meint mein Schweinehund.

Ich denke nach: Er hat sich ja nun doch ganz gut in Stellung gebracht, mein Schweinehund. Da er ein Hyb-

ridtier ist, hat er auch zwei Eigenschaften: Das Borsten-
vieh in ihm dominiert immer, wenn ich es mir irgendwo
bequem gemacht habe. Auf dem Sofa natürlich.

Oder auf dem Stuhl beim Essen und vor allem nach
dem Essen, wenn es darum geht, den Tisch abzuräu-
men.

Oder es erinnert mich an den Komfort meines Autosit-
zes, wenn ich erwäge, eine Besorgung mit dem Fahrrad
zu erledigen.

Der Hund in ihm tritt immer dann auf den Plan, wenn
ich mich zu irgendetwas aufgerafft habe: „Nimm die
Abkürzung!", kläfft er, wenn ich auf meiner Jogging-
runde bin.

„Gönn' dir eine Gehpause", höre ich ihn jedesmal knur-
ren, wenn meine Laufuhr einen absolvierten Kilometer
anzeigt.

Und plane ich gar einen Endspurt, heult er wie ein Ko-
jote!

So habe ich mich in den vergangenen Wochen immer
und immer wieder mit meinen Haustieren dem Schweinehund, der Naschkatze und dem zunehmend seltener
anwesenden Muskelkater auseinandergesetzt und ich
muss sagen, dass ich überaus erfolgreich war: Mein Ak-
tivitätsniveau habe ich deutlich gesteigert. OK, es ist
normal, dass man bei großen körperlichen Aktivitäten
auch mehr Appetit hat! Doch als Zwischenbilanz kann
ich auf etwa 200 Gramm Gewichtsverlust hinweisen,
und jetzt steht der Urlaub an!

Ich packe eine zweite Extratasche mit Sportsachen ein!

Denn nun habe ich zwei Wochen lang jeden Tag von morgens bis abends Zeit, meinen Fitnesszustand auf ein nie gekanntes Niveau zu bringen!

Am Ankunftstag erkunde ich zuerst die nähere Umgebung: In einem weiten Bogen führt eine Straße zur Strandpromenade. Die entlang gegangen, führt ein idyllischer Radweg zu unserer Unterkunft zurück – insgesamt eine Strecke von sechs Kilometern, die ich mir vornehme, alle zwei Tage zu laufen. In der zweiten Woche zwei Runden!

An den lauffreien Tagen wartet mein Freeletics-Programm, das ich zusammen mit dem Schweinehund auf vernünftige fünf Übungen zusammengestrichen habe. Dafür plane ich weitere Übungen mit den unmittelbar vor dem Urlaub angeschafften Sportutensilien Blackroll, Deuserband und 2kg-Medizinball.

Unser Ostseeaufenthalt steht in diesem Jahr zudem unter dem Motto „Family-Time"! Auch einer meiner Cousins hat in dem Ort gebucht und so treffen wir uns am Ankunftstag am Strand.

Ich habe meine Laufsachen mitgenommen, um mich auf dem Rückweg entspannt einzutraben für mein Ferien-Fitness-Programm.

Am Strand muss ich jedoch feststellen, dass mein Cousin ein eher entspanntes Verhältnis zum Sport hat.

Wie ich so auf meinem Klappsessel sitze und den Schweinehund angeherrscht habe, er möge sich bitte zu meinen Füßen trollen, wird mir eine kalt perlende Flasche Rostocker Pilsener vor die Nase gehalten.

Ich schaue den Arm entlang und sehe meinen grinsenden Cousin. Gleichzeitig tippt mir etwas Spitzes auf die Schulter - ich wende mich schlagartig um.

„This ist the beginning of a beautiful friendship!" Der Schluckspecht grinst mich mit seinem Schnabel an, zwinkert mir zu und beginnt zu singen: „Ein schöner Tag! Die Welt steht still, ein schöner Tag! Oh Welt, lass dich umarmen, welch ein Tag!"

Ich greife das eiskalte Pils und stoße mit meinem Cousin an. Nachdem die erste Flasche leer ist, darf der Schweinehund auf meinen Schoß.

Immer, wenn ich aufhöre, ihn zu kraulen, schaut er mich mit einem Hundeblick an.

Also kraule ich weiter, ermahne ihn aber: „Morgen wird gelaufen!" – „Ja, ja..", sagt er und es klingt irgendwie wie eine ironische Bemerkung.

Nach dem zweiten Rostocker setzt sich auch der Schluckspecht auf meinen Schoß. Inzwischen haben sich meine Muskeln in Brei verwandelt, mir ist auf meinem Strandstuhl in der nicht zu heißen Sonne und der netten Brise hier an der Ostsee so richtig plümerant. Der Tag ist beim dritten Rostocker eine einzige Wolke, wenn man nicht immer pinkeln müsste.

„Alter, datt is mal 'nen geiler Urlaubsauftakt, was?" Mein Cousin hat es irgendwie geschafft, aus seinem Strandstuhl ein Liegemöbel zu machen. „Aber watt meinze? Solln wa ma watt spachteln? Ich hab' voll Kohldampf!"

Als ich noch überlege, ob ich die für dieses Vorhaben notwendige Bewegung aufbringen möchte, höre ich ein tiefes „ist da noch Platz bei dir aufm Schoß?"

Träge wende ich mich um. Mit ausgezehrtem Gesicht blickt mich der Bärenhunger an.

„Ok", sage ich. Stehe nur mit sehr viel Mühe auf, packe meine Strandsachen, klappe den Stuhl zusammen. Dies alles ist sehr beschwerlich, da ich gleichzeitig immer noch den Schweinehund und den Schluckstecht im Arm halte.

Schließlich hänge ich mir Strandtasche und Stuhl um, vorne trage ich meine beiden Tierchen und nehme schließlich noch den völlig entkräfteten Bärenhunger Huckepack bis zum Promenadenrestaurant mit.

Ein Jägerschnitzel mit Pommes und Bohnensalat und zwei Rostocker später gesellt sich auch noch die Naschkatze zu uns. Ihr bestelle ich Tiramisu.

Als ich am Abend im Bett liege, bin ich ziemlich geschafft. Meine ganzen Coronahaustiere halten mich ziemlich auf Trab; fraglich, ob ich bei soviel Pflegedienst mein Sportprogramm wie geplant durchführen kann.

Als ich so im Bett liege, höre ich meine Frau im Bad fröhlich singen: Sie hatte mir netterweise den Schluckspecht während des Essens abgenommen, damit ich eine Hand zum Essen freihabe. Ihr ist dann auch noch eine Schnapsdrossel zugeflogen.

Wie sie so singt, spüre ich plötzlich, dass ich hier im Bett nicht allein bin! Irgendetwas sitzt da auf meinem Bauch! Der Schweinehund kann es kaum sein, der hat es sich in die Schublade mit meinen Sportsachen gelegt, bereit, mich morgen anzukläffen, sollte ich mich ihm nähern.

Der Bärenhunger ist genauso wie der Schluckspecht und die Naschkatze im Restaurant geblieben: Sie waren schlicht voll und sind eingeschlafen.

Wer kann es also sein? Schon höre ich meine Frau flötend aus dem Bad kommen, da luge ich vorsichtig unter die Decke.

Ach, du meine Güte, jetzt habe ich auch noch ein Amphibium!

Auf meinem Bauch sitzt er, kneift ein Auge zu, lächelt mich verschmitzt an und reckt sich mir nackt und stramm entgegen: der Lustmolch!

Die folgende Geschichte ist ein Wettbewerbsbeitrag für die österreichische Literaturzeitschrift DUM. Das Themenheft, für das dieser Beitrag eingereicht wurde, heißt *Statussymbole – Ich kauf dein Leben.*
Der Umfang war auf fünf Normseiten (Times New Roman 12, Zeilenabstand 1,5) begrenzt.
Der Text ist eine gekürzte und bearbeitete Version des gleichnamigen Kapitels aus meinem Roman **Money Talk** (2020). Bevor man während des Lesens anfängt zu rätseln: Der Ich-Erzähler ist ein 2-Euro-Stück;)

Glenfiddich

Carsten stürmte genervt die breiten Stufen des Treppenhauses hinauf, viermal zwölf Stufen bis zur 2. Etage, Daumen auf den Türscanner. Mit einem feinen Surren öffnete der Schließmechanismus, die dickwandige Tür mit zwei Dämpfungslamellen seufzte mit einem freundlichen Atmen beim Aufschwingen. „Scheiß Aufzug!", schimpfte er.

Die Tür knallte ins Schloss, er ging durch den mit Eichenbohlen ausgelegten langen Flur. Auf dem Weg in die Loft ließ er den Tesla-X-Autoschlüssel und ein kleines Card-Case auf einen hüfthohen Porzellanmohren fallen, der eine dafür vorgesehene Schale über dem Kopf hielt.

„Alexa, spiel Lounge-Musik!" Unmittelbar darauf suchte sich ein unaufdringlicher Beat tastend seinen Weg durch das in Halbetagen auslaufende, viereinhalb Meter hohe Wohnzimmer. Carsten schaufelte hastig einmal durch seine Hosentasche, griff mich und andere Münzen sowie einen 10- und 20-Euro-Schein und legte uns auf einer üppigen Wurzelholzvitrine ab. Über uns hing ein riesiges Bild, das aussah, als hätte ein Kind mit einem besengroßen Pinsel zuerst einen Teil rot, dann einen Teil schwarz und zuletzt grau zugekleistert. Gegenüber an der Wand hingen zwei ähnliche Malversuche, die einen gigantischen Bildschirm rahmten. Carsten entnahm der Vitrine ein schweres Glas und eine angebrochene Flasche Jack Daniel, goss sich etwas ein, dazu drei Eiswürfel. Die nun fast leere Jacky-Flasche stellte er neben uns Münzen; Handy raus, Kontakt eingetippt, warten, trinken. Dann hielt er die Luft an und seufzte erleichtert – denn nur die Mailbox ging dran: „Hallo Nadja, pass auf: Ich muss am Wochenende kurzfristig nach Shanghai, Sorry, ich weiß, Geburtstag von unserem Sohn, ich hab's versprochen...- doch es geht schlicht nicht anders. Die wollen unbedingt 'ne Präsentations-Battle von unserer neuen App und der von der Konkurrenz haben – da muss ich hin. Sorry! Sorry! Sorry! Aber geht nicht anders."

Er wählte einen anderen Kontakt – Lautsprecher – legte das Handy beiseite, setzte sich in einen Loungesessel und massierte sich mit beiden Händen den Nacken. „Hallo Carsten, was gibt's?" – „Mesut, besorg mir bitte ein Geschenk für meinen Sohn. Das soll übermorgen abgeliefert werden." – „Was soll ich da ordern?" – „Äh, für einen 7-Jährigen halt. Playmobil vielleicht?" – „Das hattest du auch schon zu Weihnachten." – „Ach ja, warte mal", Carsten schaute auf den Fluss. „Ja, dann vielleicht… Monopoly – ne, ich hab's: einen Kaufladen! Ja, das ist gut! So mit Regalen und lauter Waren und einer elektrischen Kasse und Einkaufswagen! Dazu 'ne Karte: Lieber Nicolas, - notierst du?" – „Steno, wie immer!" – „Super, also: Lieber Nicolas, einen ganz dicken Kuss zu deinem 7. Geburtstag von deinem Papa. Leider muss ich nach China fliegen. Aber nächste Woche spielen wir ganz doll mit dem Kaufladen, versprochen! Ich drück dich, etc., dein Papa." – „Ich kümmere mich drum, Carsten!" – „Prima Mesut, bis morgen am Flughafen!" Das Handy piepte zweimal Leerzeichen, dann war es stumm. Carsten stellte das Glas neben uns auf die Vitrine und verschwand auf einer der Halbetagen, man hörte erst Klo-, dann Duschgeräusche.

„Der ist immer völlig gehetzt!", piepte eine schrille, hohe Stimme. Es war die Jack-Daniels-Flasche neben uns. „Das ist wohl der Preis dafür, wenn man so richtig, richtig reich ist", bemerkte ich. „Ich komme mir bei solchen Leuten immer so unbedeutend vor", heulte ein witziges 20-Cent-Stück aus Griechenland gekünstelt. „Ich gebe zu, ich auch!", sagte der 20-Euro-Schein ungekünstelt, der hatte die Ironie des witzigen 20ers nicht geschnallt.
„Ach kommt, Leute,", sagte ein schon sehr zerknitterter 10-Euro-Schein, „wir kommen wenigstens rum in der Welt und erleben was. Da drüben im Eckregal wimmern drei 500,-€-Scheine, die zwischen Buchseiten vergessen wurden, dass sie bisher nur den Typen aus der

Zentralbank und den Geldsack, der sie sich hat auszahlen lassen, kennengelernt haben."

Es klingelte. „Scheiße!", hallte es irgendwo aus den Halbetagen, dann trippelte Carsten nackt und nass durch den langen Flur und sprach in die Türsprechanlage: „Hi Mick! Musst die Treppe nehmen, Tür ist offen!", hörte man ihn sagen. Dann kam er schnellen Schrittes zu uns, nahm die Jack-Daniels-Flasche und stellte sie ganz nach hinten in die Vitrine. Kurzentschlossen nahm er auch uns Münzen und die Scheine und stopfte uns neben die Jacky-Flasche. So lagen wir da in der hintersten Ecke dieses wie ein Heiligtum erleuchteten Schränkchens. Die anderen Flaschen waren fast alle noch verschlossen, die Kühlung des eingebauten Eisfaches summte kaum merklich in dem massiven Schrank aus Edelholz.

Es näherten sich sportliche Schritte aus dem Treppenhaus. „Hallo?" – „Komm rein und mach's dir gemütlich, ich komme gerade aus der Dusche!", rief es von irgendwo. „Alles klar."

Ein Mann, schickes Designerhemd und Hipsterbart, kam hereingeschlendert und musterte den Raum und den Ausblick. „Geile neue Bude!" – Carsten, während er den letzten Hosenknopf schloss: „Ich weiß." Männlich umarmten sie sich, Hände klatschten auf Rücken. „Ist schon wieder ein Jahr her, dass wir uns gesehen haben, was?" – „Die Zeit galoppiert,", sagte Mick, „aber sie ist anscheinend sehr gut zu dir!" Er deutete auf das große Kinderbild über der Vitrine: „Richter?" Carsten grinste breit und wies auf die beiden Bilder gegenüber: „Alle drei!" - „Respekt! Die Immo-App ist aber auch abgegangen wie eine Rakete!" – „Du sagst es. Und bei dir?" – „Positiv. Alles sehr positiv!" Carsten lächelte. „Wie wär's mit einem Drink?" Mick skeptisch: „Harter Alkohol? Jetzt schon?" - „Alter, nix zum Wegpumpen. Es gibt jetzt einen ganz gepflegten Entspannungsdrink. Oberste Priorität: Genuss."

Und mit diesen Worten ging er zur Vitrine. „Alexa, spiel Miles Davis." Eine sanfte Trompete setze ein. Mick streckte sich auf einem üppigen Sofa aus und sah auf den Fluss, Carsten hantierte mit zwei bauchigen Gläsern, stellte sie gemeinsam mit ein paar Flaschen auf die Vitrine. Die Jacky-Flasche schob er noch ein Stückchen weiter in die Ecke und stellte einen schmuckvollen Whiskykarton davor.

„Wie war's in Leipzig?", fragte er Mick. „Ach du, da hast du was verpasst – oder auch nicht, ganz wie man's betrachtet." Mick setzte sich ein wenig auf. „Geschäftstermine mit den Russen waren gut, aber Alter, ich bin dann ja noch auf diese Eigentümerversammlung..." – Carsten schmunzelte, „Freakshow?" – „Absolut!! Das war so nervend. Da war so eine verkniffene Oberärztin mit badischem Dialekt, die hatte an jedem Punkt was rumzumäkeln und hat Andi angemacht von wegen ‚die im Exposé genannde Mittsteigerunge finde nett statt' oder ‚isch hob scho nach enne Joar Setzrisse an de Fugge im Baddezimma'…total anstrengend die Frau." – Carsten ging derweil mit den zwei Gläsern, in denen eine kleine Pfütze goldgelben Getränks schwamm, zur Couch, Mick weiter: „Ich kann dir sagen, das nächste Mal mache ich es wie du: Ich geb' Andi die Vollmachten und tu mir den Scheiß nicht mehr an."

Carsten stellte sich in Feldherrenpose vor die Fensterfront, Vortragshaltung: „Diese ganzen Kleinanleger mit ihren ein oder zwei mickrigen Eigentumswohnungen nerven grundsätzlich immer. Ich sag dir, die sind total penibel, weil sie sich die paar Kröten so hart abgespart haben und gehen dann mit spitzem Blick durch Gebäude und Bilanzen wie ein kleinkarierter Buchprüfer vom Finanzamt. Deshalb sage ich: Immer mindestens 50% der Wohnungen in einem Objekt klarmachen - wie wir beide in Leipzig – damit man immer die Stimmenmajorität hat. Und dann alles über Verwalter! Ich tu mir diese Versammlungen doch nicht an! Was interessieren mich irgendwelche Fugen oder Ärger mit den Parkplätzen? Einnahmen – Ausgaben – Abschreibung - Rendite! Und ab dafür!" – „So ist es!", sagte Mick und schaute auf die beiden Gläser. „Was präsentierst du mir denn da?" Carsten machte eine wichtige Pause.

„Jetzt fängt er wieder an, die ganzen Sätze, die er auf dem Whiskyseminar aufgeschnappt hat, mit wichtigem Pathos zu wiederholen", fiepte die Jacky-Flasche. „Da muss ich immer ganz nach hinten, weil ich ja nur so ein Mainstream-Fusel bin." In der Vitrine wurde es nun lauter. Ein vielstimmiges tiefes Summen brummte durch den edlen Getränkeschrank. „Was ist das?", fragte der witzige 20er, „Marinechor oder Donkosaken?" – „Ne!", fiepte Jacky. „Das sind die ganzen anderen Pullen!" Ich wunderte mich. „Warum versteht man denn kein Wort? Und warum singen die?" – „Ist doch logisch!", sagte Jacky, „Die sind alle stockbesoffen!"

Carsten sah Mick konzentriert an. „Du musst wissen: Whiskey ist nicht gleich Whisky." - „Das ist mir schon klar, dass Whiskey nicht gleich Whiskey ist. Ein ordentlicher Glenfiddich ist bestimmt besser als ein Jack Daniels!"
„Glenfiddich!", tönte Carsten verächtlich. „Ich spreche nicht von dem Alltagswhiskey, den du dir im Rewe aus einer Plastikvitrine geben lässt, lächerliche 60 Kröten dafür bezahlst und ihn dann doch nur in die Cola schüttest. Ich rede,", und hier hob er sein Glas und hielt es gegen das Licht der Fensterfront, „ich rede von Whisky der Spitzenqualität. Von Whisky zum Genießen."

„Und warum sind die Stimmen von den anderen Flaschen so tief? Weil sie so alt sind?" Ich war jetzt doch neugierig auf diese neue Welt des Whiskeys, oder wie Carsten sagen würde, des Whiskys. „Ne", quietschte Jacky, „es liegt einfach am Preis. Je teurer, desto tiefer."
„Sicherlich ist Carsten ein ganz sparsamer, deshalb trinkt er privat nur billigen Whiskey", scherzte der witzige 20er. „Ne,", sagte Jacky, „ich schmecke ihm einfach am besten. Ich und meine Kumpels, die Jacky-Flaschen vor mir, waren ja schon immer bei ihm: Bei seinem Abi, dem Examen, seiner Hochzeit, seiner ersten Million, seinen Seitensprüngen, seiner Scheidung. Der Typ mit dem Bart ist der Geschäftspartner, mit dem unser lieber Carsten hier diese extrem erfolgreiche App entwickelt

hat." - „Aha. Wie lange bist du schon bei Carsten?",
wollte ich wissen. „Eigentlich erst seit drei Wochen, aber
wir Jackys können unser Wissen mit allen anderen
Jacky-Flaschen teilen. Wie in einer Cloud. *Kollektive Trin-
kererfahrung* nennen wir das." – „Dann kannst du uns ja
bestimmt ein paar ganz abgefahrene Geschichten über
Keith Richards oder Jonny Cash erzählen?", fragte
eifrig der witzige 20er. Jacky lächelte und machte eine
dramatische Pause: „Der Kenner genießt und schweigt!"
„Habt ihr denn nie einen Filmriss?" - „Nö. Bei notori-
schen Alkoholikern wie uns existiert ein relativ hohes
Gewöhnungslevel. Da wir Jackys ordinäre Industriepro-
dukte sind, können wir auch niemals den gleichen Ag-
gregatzustand erreichen wie diese schottischen Luxus-
pullen hier neben uns." - „Und was ist das mit China?",
hakte ich nach, Jacky dozierte: „Die Chinesen sind an
dieser App interessiert, weil sie sie als Grundlage für
ihren Geheimdienst und das Militär haben wollen." –
Der witzige 20er: „Geld stinkt nicht!"

Carsten schwenkte das Glas und hielt es an die Nase.
„Mach mir das mal nach und dann sag mir, wonach das
riecht!" Mick tat, wie ihm geheißen. „Hm. Weiß nicht.
Ein bisschen erdig vielleicht?" – „Nicht schlecht! Jetzt
nimm mal ein paar Tropfen auf die Zunge", sagte Carsten und machte es vor. „Puh!" Mick schüttelte sich. „Als
wenn mir jemand 'ne Schaufel Torf in den Mund
wirft!" – Carsten triumphierte: „Genau!! Ein 18 Jahre
alter Laphroaig Single Malt, hergestellt auf der Isle of
Islay. Es handelt sich hier um einen tendenziell blumig-

würzigen Geschmack, der aufgrund des besonderen Räucherverfahrens des Malzes und der Holzfasslagerung entsteht." Mick verfolgte den Vortrag und sah sich um, als ob er das Zeug schnell wieder in einer Blumenvase, die es jedoch nicht gab, loswerden wollte.

In der Vitrine steigerte sich das säuselnde, dunkle Summen, Jacky erklärte: „Die Typen hier sind alle Edelwhiskys. Jede Flasche kommt aus einem 6er- oder 8er-Karton; das heißt: Unten im Keller liegen also in verzierten Kartons aufgebahrt bestimmt noch 200 Pullen rum." – „Im Holzfass gereift, im Pappsarg veredelt!", juxte der witzige 20er.
„Was geben denn diese ganzen Flaschen so von sich?", fragte ich Jacky. „Ach, das übliche Gefasel von Alkoholikern. Ihr müsst euch vorstellen, dass die seit Jahrzehnten in ihrem eigenen alkoholischen Gärungsaroma sich selbst einatmen. Und wenn man ausschließlich von sich selbst etwas wahrnimmt, ist man schlicht dauerberauscht - von sich selbst. Der Glenfarclas zum Beispiel, 30 Jahre alt, bildet sich ziemlich was ein auf seine Tradition. Dabei tönt er immer in diesem zackig-militärischen Ton *Malz! Malz! Gott erhalts!* Nebenbei kommen immer spitze Bemerkungen, zum Beispiel: *Inseldepp! Inzuchtgepansche! Prekariatsfusel!* Naja, der Glenfarclas kommt aus der Speyside, das liegt im Nordosten von Schottland und quasi genau entgegengesetzt zur südwestlichen Insel Islay. Und wie bei den Menschen sind natürlich auch unter den Whiskys die Rivalitäten ausgeprägt. Und es ist klar, worüber sich besoffene Schotten am liebsten Un-

terhalten: Fußball.

Die aus Islay sind alle Celtic-Fans, die von der Speyside halten eher zu Aberdeen, was natürlich aufgrund des unterschiedlichen Erfolgs der beiden Vereine immer in eine deutliche Frotzelei der Islay-Flaschen mündet, die oft und gerne auch mit gälischen Schimpfwörtern um sich schmeißen. Als Celtic-Fan hat man natürlich auch gut kacken: Die sind schon 50mal Meister geworden, während Aberdeen 1985 das letzte Mal den Pott gewann. Aber der Glenfarclas zieht sich dann einfach auf seine traditionellen Attribute zurück: Er ist fast doppelt so alt und doppelt so teuer."

„Das,", sagte Carsten, während er zwei neue Gläser präparierte, „das war jetzt eine kleine Geschmacksprobe der billigsten Flasche, die ich hier in der Vitrine habe. Etwa 180,- Piepen im Fachhandel." – „Und das ist der Billigste? Und dein Teuerster?" Carsten schmunzelte und nestelte behutsam eine verschlossene Flasche aus der Vitrinenmitte. „Also: Hier habe ich einen Macallan, 25 Jahre alt, für 1200,-€." – „Aha.", sagte Mick, zögerte etwas und fragte dann: „Mal ehrlich, Carsten: Und die willst du alle trinken?" – Carsten zeigte ein etwas zu abgehobenes Lächeln. „Mick, die Flaschen sind nicht dazu da, dass man sie austrinkt. Diese Flasche ist in zwei, drei Jahren locker 1600,-€ wert." - Mick begriff, Carsten schob mit einem Schmunzeln hinterher: „Und die 35 weiteren Flaschen, die ich davon habe, ebenfalls!" Mick begriff: „Du alter Schlingel! Geldanlage Whisky!" – Carsten lächelte überlegen, eröffnete zum

Erstaunen von Mick die teure Flasche und goss zu dessen Entsetzen – denn es galt anscheinend weiterzutrinken - eine Probe in die Gläser, die er Mick sofort danach in die Hand drückte und dozierte: „Genau darum geht's letztendlich! Schau doch mal auf unsere letzten sieben Jahre: Wir beide sind mit der App, China-Aktien und Bitcoins reich geworden, haben früh in Andis Denkmalhäuser in Leipzig investiert. Gestern sind wir die ersten gewesen, die auf den Zug aufgesprungen sind. Heute sind wir schon der Zug selbst!! Die Politik und die Menschen denken nur ans Heute und maximal ans Morgen – doch wir: Wir denken ans Übermorgen!! Und außer den Chinesen hat es noch immer keiner richtig begriffen! Wenn du es einmal verinnerlicht hast, die Welt und die Gesellschaft aus einer überlegenen Perspektive zu betrachten und zu analysieren, hast du alles und jeden im Griff. Alles jammert über den Klimawandel – wir kaufen CO_2-Zertifikate. Die Autoindustrie zetert wegen der Dieselgeschichte: Wir haben schon vor Jahren Aktienpakete von Lithium- und Wasserstofffirmen gekauft. Die Pandemie ist ein Glücksfall um große Firmenanteile günstig zu ordern und Trinkwasser wird der Megamarkt der Zukunft!‘‘

Carsten zeigte dabei ein Lächeln, als hätte er seinen Namensvetter Maschmeyer gerade in der *Höhle des Löwen* ob seiner Genialität in sprachlose Fassungslosigkeit versetzt.

Jacky: „Ist schon verblüffend, wie Carsten, Mick und die Flaschen hier sich ähneln, was?‘‘

Kapitel 3 – Die Sprache

ACHTUNG!! Hier wird es (zunächst) schlicht!

Schon allein die Begutachtung der ersten beiden Überschriften lässt nichts Gutes erahnen – und was immer Sie nicht über Sprache wissen wollten – hier bekommen Sie es geliefert.

Denn sag mir doch bitte mal einer nur einen vernünftigen Grund, wieso man eine der Geschichte mit der Überschrift „Wichspisser" lesen – geschweige denn sogar drucken sollte?

Wird gemacht, Chef: Eine bedeutende Nische der Sprache sind ja gerade Soziolekte und Dialekte. Lebenswelten, abwegige Erfahrungen und simplifizierte Wahrnehmungen finden ihren Ausdruck in einer entsprechenden Sprache, die es vermag, genau diese Subkulturen unserer menschlichen Gesellschaft abzubilden.

Interessant ist für mich der Umstand, dass es sich jedoch nicht um eine Variante des Spruchs „Die Grenzen deiner Sprache sind die Grenzen deines Bewusstseins" handeln muss. Durch Sprache werden Gruppen- und Partnergrenzen gezogen: „Der spricht dieselbe Sprache wie ich" bedeutet schließlich, dass allein durch den Sprechakt eine gemeinsame Basis des Einvernehmens hergestellt wird, unabhängig vom Inhalt: Man muss nicht in der Sache übereinstimmen, lässt jedoch gemeinsam eine Aura und Atmosphäre von intellektuellem Gleichklang und idiomatischer Harmonie entstehen.

Kalle und Stefan sind hier unerschrockene Protagonisten, wenn es darum geht, in den unendlichen Weiten des Fäkaltrashs übelste Beleidigungen zu identifizieren, zu analysieren, zu sezieren und schließlich zu konjugieren…., oder was immer man noch „ieren" kann.

Der zweite anstößig betitelte Text tritt in dieselbe Kerbe – nur herrscht hier nicht Einvernehmen zwischen zwei dicken Kumpels, sondern zwischen mehreren Millionen Menschen im Ruhrgebiet, meiner Heimat.

Und wenn Sie sich da durchgekämpft haben (oder die Texte elegant überschlagen wurden), dann gelangen wir auch noch zu milderen, aber ebenso komischen Beiträgen..

Das Leben, liebe Leserschaft, besteht, wie wir alle wissen, aus einer Vielzahl von Ritualen: Bei den einen geht nach dem Aufstehen der erste Blick aufs Handy, um sich zu vergewissern, ob eventuell die Nachrichtenlage bezüglich der wichtigen Dinge des Lebens eine entscheidende Wendung genommen hat; andere haben die Angewohnheit, den Klodeckel offen stehen zu lassen und die Klobürste möglichst intensiv zu schonen; dritte essen die einzelnen Beilagen ihres Essens komplett hintereinander: zuerst alle Nudeln, dann das ganze Fleisch, obendrauf das Gemüse. Für Kalle und Stefan findet das Hochamt ihrer Rituale bei ihren wöchentlichen Lieferfahrten für einen Getränkeverlag statt, der zugleich Hauptsponsor ihrer Fußballmannschaft ist. Hier gilt es, die Arbeitszeit sinnvoll mit völligen Albernheiten in Zeiten (überschaubaren) universitären Stresses zu füllen, Schwerpunkt: völlig veralbertes Philosophieren über Trash.

Stefan und Kalle: Wichspisser

"Dann wollen wir mal.." Kalle hievte sich hinter das Steuer des 7,5Tonners, Stefan stieg zur Fahrerseite ein, warf dabei das Klemmbrett mit den Lieferpapieren vor die Windschutzscheibe auf die Armatur und kurbelte das Fenster hinunter.

Es war Donnerstag: Ihre gemeinsame Tour bei Getränkeverlag Stammler Nachf. stand auf dem Plan, es galt in den nächsten vier Stunden in einer großen Schleife über die West- in die Nordstadt zu zuckeln, um die ganzen Tankstellen, Kioske, Spielhallen und Betriebsküchen abzufahren.

„Alles klar mit morgen Abend?" Kalle machte eine Verschwörermiene, stand doch das Wochenende vor der Tür.

Stefan wurde umständlich: "Ich würd' gern mal was anderes machen als die übliche Kneipen- und Discotour. Sollen wir nicht mal 'ne andere Location ansteuern?" Kalle musterte ihn. "Also nicht ins *Ikarus?* Vielleicht lieber *Rockhütte,* die ist auch so schön gammelig." - "Nee, lass uns mal einfach was anderes ausprobieren, vielleicht auch mit 'nem bisskken... flirten.." und sah Kalle dabei an, als ob er ihm gestehen würde, den Verein zu wechseln. "Hm?!" Kalle sah ihn etwas spöttisch an, um dann in ein theatralisches Weinen auszubrechen. "Ich genüge dir nicht mehr! Du hast einen anderen! SCHLUCHZ!"

Stefan lachte erleichtert auf, Kalle schaltete routiniert einen Gang hoch und auf entspannte Gesprächsatmosphäre. "Also, wo soll die Kuh fliegen?" - "Wie wärs mit dem *Flash*!?" Stefan sagte es locker heraus, doch die Pause, die auftrat, ließ ihn sofort wieder verspannt werden. Kalle machte ein Gesicht wie bei einer Senfverköstigung: "*Flash*? Schickimickis und Möchtegerns, die so tun wollen, als ob sie harte Rocker wären?"

Stefan ging in Verhandlungsposition: "Pass auf, der Laden ist nur so 'ne halbgare Veranstaltung, ich weiß, aber ich möchte mal - rein frauentechnisch - nicht nur die rock-esoterischen Pirouetten-Tanten oder ganzkörpertätowierten Piercingbräute um mich rum haben. Auch mal was fürs Auge. Da muss man dann fürs Ohr ein paar Abstriche machen!"

Kalle schwieg und fuhr, gegen diese Position war nichts zu sagen. "Alles klar. Hauen wir uns da eben einen in die Birne!" - "Nee, auch nicht die Druckbetankungsnummer! Ich möchte 'nen bissken mehr Steuerungsfähigkeit haben."

Kalle sah ihn prüfend an, Stefan diplomatisch: "Wenn's nach 2 Stunden nicht mehr zu ertragen ist, können wir immer noch rüber ins *Ikarus* abtauchen. Deal?" - "Alles klar, dann lass' uns das mal machen! Vielleicht wird's ja ganz lustig mit den ganzen verklemmten Typen!"

Uff, das Dingen wäre erstmal eingetütet. Stefan ruckelte sich bequem in den Sitz. Themenwechsel. "Und? Was war deine aufregendste Vorlesung in dieser Woche?" Kalle zuckte mit den Schultern. "Materialkunde. Wenn du magst, kann ich dir einen - zugegeben - nur noch fragmentarisch vorhandenen Vortrag zu den Unterschieden zwischen Kohlenstoff-, Keramik- und Edelstahlbaugruppen halten." - "Bei meinem Vater könntest du jetzt ein Verlaufsprotokoll abgeben. Aber wenn ich ehrlich bin, ist mir das glaube ich im Moment ein bisschen zu weit weg.." - "Und bei dir? Endlich mal ein Seminar über Charles Bukowski?" - "Anglistik war ich nur körperlich anwesend. Aber bei den Germanisten gab es in einem sprachwissenschaftlichen Proseminar einen interessanten interkulturellen Vergleich von Schimpfwörtern!" Kalle legte die Stirn in Falten.

"Du willst mich veräppeln! Schimpfwörter? Brauchen die vielleicht noch 'nen Gastdozenten auf Honorarbasis?" - "Nein! Es geht einfach um die interessante Feststellung, dass je nach ethnischer Herkunft die Art der

Schimpfwörter divergiert!" - "Das hört sich ja sehr interessant an, noch dazu, wenn du es so gehölzt ausdrückst. Das bringt die Welt wahrscheinlich entscheidend voran." Kalle lenkte mit einem Kopfschütteln den LKW um eine Kurve, hielt unmittelbar an der dort befindlichen Tankstelle.

Stefan sprang routiniert aus dem Wagen, ließ die Ladeluke herunter. Auf zwei Rollpaletten war fertig zusammengepackt und mit Folie umwickelt die Lieferung für das anstehende Wochenende; jetzt konnten Studenten, Pendler, Discofreaks, Partylöwen und sonstige Durstige wieder zwischen all den süßen, sauren, herben, vollmundigen, frischen Wunderprodukten wählen, die die Getränkeindustrie für durstige Endverbraucher bereithielt.

Stefan und Kalle arbeiteten blind zusammen: Handhubwagen, Anschubhilfe, Lieferung auf Vollständigkeit prüfen, Papiere abzeichnen. Ruckzuck saßen sie wieder im Fahrerhaus, nächster Stopp in fünf Minuten beim Automatenparadies "Lucky-Casino".

"Also ein Norweger flucht anders als ein Italiener?" Kalle schüttelte bei seiner Nachfrage immer noch den Kopf.

"Ja, gewissermaßen. Also der Deutsche ist in seinen Beleidigungen deutlich fäkalorientiert. SCHEISSE, KACKE, PISSE, ARSCHLOCH usw. Der Italiener hingegen flucht und schimpft eher mit Geschlechtsteilen", dozierte Stefan. Kalle überlegte, wandte sich an der nächsten roten Ampel Stefan zu: "Aber FOTZE sagt man doch ständig!" - "Ja, aber sprachwissenschaftlich betrachtet noch nicht so lange, also vielleicht seit 30 Jahren. Hier ist es so, dass die Schimpfwörter wie die gesamte Sprache einem Wandel unterliegen. Die SCHLAMPE von früher ist heute die FOTZE."

Kalle nickte, die Ampel wurde grün, der LKW tuckerte weiter. Stefan fuhr fort: "Muslime zum Beispiel fluchen eher mit Begriffen, die potentiell verletzend und ehrabschneidend wirken sollen: BASTARD, HURENSOHN, HUND, SCHWEIN."

"Und was hat man nun davon?" Kalle war wenig überzeugt. "Kann man das jetzt für irgendwas Praktisches gebrauchen?" - "Mein Gott, Kalle. Es geht um interessante Feststellungen zur Sprache. Die Sprache umgibt uns, jeder hat eine, sie ist ständig in Bewegung und insgesamt ein Gebilde, über das Bescheid zu wissen nicht von Nachteil sein kann, vor allem, wenn man wie ich irgendwann mal Schreiber werden will."

Kalle resümierte: "Ok. Dann liegt also der praktische Wert darin, dass ich z.B. weiß, wen ich mit welchen Schimpfwörtern am besten treffen kann."

Stefan zog die Stirn in Falten: "Hm. Also wenn das ein *Wert* ist, dann hast du gewissermaßen Recht."

"Ich kann dann also auch über die Schimpfwörter, die jemand verwendet, seine Herkunft bestimmen, nicht wahr?", strahlte Kalle - und dabei trat er auf die Bremse und machte gleichzeitig den Wagen aus, denn sie waren am *Lucky-Casino* angekommen. Zehn Kisten mit 0,25l-Automatenflaschen wurden entladen und per Sackkarre in die Spielhölle gebracht. Unmittelbar nach dem Weidereinsteigen: "Also,", Kalle ließ nicht locker, "welcher ethnischen Herkunft ist denn jemand, der einen anderen "Wichspisser" nennt?" Stefan sah ihn etwas verunsichert an. "Wichspisser?" "Ja! WICHSPISSER!"

Stefan überlegte: "Eigentlich wegen des "Pissers" eher deutscher Einschlag, der "Wichser" ist dann wohl eine Entlehnung aus dem Italienischen. Wie kommst du eigentlich drauf?" - "Hat der blöde Innenverteidiger von Eintracht zur Verabschiedung zu mir gesagt. Was bedeutet das eigentlich?"

Stefan zog die Stirn kraus: "Also ein Wichspisser. Ein Pisser, der wichst, ist es doch wohl nicht?" - "Nö. das trifft ja auf jeden zu", lachte Kalle, den Kleinlaster auf die Umgehungsstraße Richtung Norden lenkend. Stefan kombinierte laut: "Vielleicht eine simple Zusammenfügung der Schimpfwörter "Wichser" und "Pisser" zu einem Nominalkompositum, quasi als Dopplung, um dem Ganzen mehr Wucht zu geben!" Kalle schaltete hoch: "Schon besser. Aber ich habe da eine andere Erklärung: Ein Wichspisser ist einer, bei dem beim Wichsen nur Pisse kommt, verstehst du?" Stefan schaute Kalle an und überlegte, als dieser fortfuhr: "Das ist also einer, der es nicht bringt. Der nicht in der Lage ist, vernünftig zu wichsen; also quasi noch gar nicht reif, weil außer Pisse nix kommt." Das war einleuchtend. "Also dann wohl eher italienischer Einschlag. Obwohl: Da kann man sich auch in seiner männlichen Ehre verletzt fühlen. Also wohl auch ein fieses Muslimenschimpfwort!"

Stefan: "Aber glaubst du, dass der Typ das so gemeint hat? Ich glaube eher, er fand die Wortkombination gut.

Klingt doch auch prima, mit diesen beiden x- und s-Lauten: DU WIXPISSA!!", schrie er provozierend Kalle an. "Was? Watt willst du? Du bist doch selbst 'nen alten WIXPISSA!!" Kalle nahm den Ball blind auf: "JA SELBER WIXPISSA!! WENN NICHT SOGAR VÖLLIGER .... PISSWIXER!!" Kalle jubilierte ob der Nomenumkehr. "PISSWIXER! Datt isses! Beim Wixen kommt Pisse! Und weisste watt: Von allen WIXPISSERN BIST DU DER WIXBEPISTESTE!! Weil du dich nämlich selber anpisst beim Wixen!" Stefan kulminierte: "WENN NICHT SOGAR DER PISSBEWIXTESTE!!" Beide brachen in ausladendes Gelächter aus. So ging es die gesamte Tour weiter: "Sag mal, zu welchem Kiosk-Wixpisser müssen wir getz?" - "Ich glaub', zum Heinrichstraßen-Pisswixer!" - "Ach Gott. Der ist doch völlig wixbepisst!"

Bis zum Ende der Tour hatten sie dasselbe noch mit "DUMMFICK" und "ARSCHFOTZE" durchdekliniert, das gesamte Fahrerhaus war übervoll mit Schimpfkanonaden, die von den beiden in jeder Lautstärke, Intonation und Variation zum gegenseitigen Entzücken und Anstacheln herumposaunt wurden. An Ampeln schauten sich die Passanten entgeistert um, wenn es aus dem roten Stammler-LKW so herzhaft herausdummfickte oder hinfortarschfotzte.

Wieder mal ein völlig gelungener Arbeitstag.

Diesen Text kann man am besten „erleben", wenn man sich die Stimme von Torsten Sträter vorstellt – für ihn habe ich nämlich den Text geschrieben. Es handelt sich um eine Hommage an die Sprache des Ruhrgebiets.
Leider hat Torsten den Text nie live gelesen.
Ehrlich gesagt, kennt er ihn auch gar nicht.

Alles Scheiße? Oder sogar Kacke?

Der Mensch zwischen Dortmund und Duisburg ist wegen seiner Mentalität und seines Sprachgebrauchs schon etwa 1000 Mal beschrieben und 2000 Mal verklärt worden - da will ich dem natürlich nicht nachstehen und die Aufmerksamkeit auf die besondere semantische Ebene der ausgeprägten Fäkalsprache lenken, derer sich in diesen Regionen hemmungslos und mit Vorliebe bedient wird.
Die Begriffe "Scheiße" und "Kacke" zum Beispiel erfreuen sich dermaßen großer Beliebtheit, dass sie nicht nur ganz profan zur Beschreibung unwillkommener Situationen und Wesenszustände genutzt werden, sondern sie ermöglichen einen bunten Strauß an Ausdrucksmöglichkeiten, welche die ganze Bandbreite zwischen "Alles Kacke" und "Geile Scheiße" abzudecken vermag.
Zunächst ist da die durchweg negative Beschreibung jedweden Gemütszustandes oder Gegenstandes, der sich bundesweit breiter Beliebtheit erfreut: "Scheiße!", wenn was nicht funktioniert, man den Bus verpasst oder im

Skat einen Grand-Hand verloren hat.

"Immer dieselbe Kacke!", wenn der Lieblingsverein zwar hochanständig, aber zuverlässig gegen unbesiegbar zusammengekaufte Bayern verliert.

In diese Richtung gehen auch beliebte Umschreibungen wie "Geh' mir wech mit die Kacke!", der Komparativ "Das war nicht nur Scheiße - sondern Super-Scheiße!" oder schlicht die Steigerung zum Superlativ, auch das Ruhrgebietstrikolon genannt: "Scheiße-Pisse-Kacke!"

Aber der Mensch zwischen Emscher, Ruhr und Lippe ist anscheinend bei der Scheiße und Kacke auf den Geschmack gekommen, wird doch der Begriff angenehm gedehnt und breit eingesetzt: "Scheiße, hamwa wieder Glück gehabt!", etwa, um eine überraschende Wendung zu markieren, "Hau weg, die Scheiße" oder, "Lecker, die Scheiße", wenn etwas durchaus Willkommenes zu konsumieren ist.

Wenn vor allem irgendwelche Jungspunde allzu keck agieren, so wird dies als "kackfrech" oder "kackendreist" beschrieben - wenn jemand im Umkehrschluss jedoch "scheißenfreundlich" daherkommt, offenbart dies das Urmisstrauen des Ruhrgebietsmenschen gegen jede Form von Höflichkeit, da diese in seinem Alltag völlig entbehrlich ist.

Auch das Wetter kann sich der Fäkaltitulierung nicht entziehen: Natürlich kennt jeder das "Scheißwetter" - wenn es aber im Ruhrgebiet wie oft in Strömen regnet, ist es draußen "nicht nur am pissen wie Hulle!", sondern auch schon mal "voll am kacken!"

Die Verwendung als Verb findet sich auch in der tadelnden Anrede an einen Zweiten, wenn man einfach mal "jemanden ankacken" muss, der Scheiße gebaut hat.

[EXKURS: Es ist nicht nur am "pissen wie Hulle", oder man muss mal "strullen wie Hulle", sondern auch schon mal "wie Atze"! Allerdings weiß ich nicht, was "Hulle" ist oder wer mit diesem "Atze" gemeint sein könnte, denn den Spruch kannte ich schon, bevor Atze Schröder irgendwann aufgetaucht ist. "Wie Atze" tut übrigens einiges, in der Regel immer das, was nicht so angenehm ist: "Es brennt wie Atze", "Es juckt wie Atze", "Man hat Durst oder Kohldampf wie Atze", wobei die Steigerung bei uns immer hieß: "Datt juckt wie Atze Mehmeling!" - ohne ihn allerdings persönlich zu kennen..]

Zurück zu unserem Thema:

Nicht nur "Kacke" und "Scheiße" gehören als Zentralbegriffe der Gemütsregungen und Zustandsbeschreibungen zum Vokabular des Ruhrgebiets - nein: Der Mensch in dieser Region scheint ein ganz besonderes Verhältnis zum Fäkalen zu haben: Frank Goosen hat in seiner herrlichen Art und Weise schon darauf hingewiesen, dass die kosende Anrede in der Form von "Na, du Arschloch!" zur normalen Alltagshöflichkeit gehört, dessen Weglassen sofort auf Argwohn trifft. Hier gibt es natürlich auch noch wunderbare Varianten wie "Lange nicht gesehen, du kleiner Drecksack", bis hin zu diesen lieblichen Umschreibungen wie "Na, du Eumel!", worauf ich mich sofort fragen muss: Was in aller Welt ist ein Eumel? Ich kenne nur das Urmel, und das kam aus dem Eis. Hier sollten wir jedoch aufpassen, nicht wieder abzugleiten, denn da fallen mir doch spontan noch andere Anreden ein wie: "Na, du alte Säge!", oder "Hör auf, du Ohr!", "Der is ja 'ne Nulpe!", „Na, du Stricher!", "Ihr spielt wie die Graupen!" sowie „Na, wie geht's, du alten Triebtäter!"

Doch zurück zum Fäkaltrash: Das berühmte Götz-Zitat erfährt im Pott eine winzige, aber entscheidende Wandlung: Nur durch den Wechsel eines einzigen Vokals und des Reflexivpronomens wird aus dem "Leck' mir am Arsch!" – ein "Leck' mich im Arsch!", womit jedoch eine dramatische Veränderung beim allseits ausgeprägten Kopfkino einhergeht und was wieder ein Beleg dafür ist, dass der Mensch im Ruhrpott die Dinge für manche vielleicht zu drastisch und konkret auf den Punkt bringt..

Eine liebevolle, sogar zärtliche Beschreibung liegt indes vor, wenn zwei Ruhrgebietsmenschen sich über kleine Kinder unterhalten: Tollen diese lustig und ausgelassen z.B. auf einem Bolzplatz herum, entfährt dem entzückt Vorbeigehenden schon mal ein "Ne, watt für kleine Kürtelkes!" oder: "Kuck' ma' wie süß, die Furzknoten!" - Diese haben jedoch tunlichst ihre "Furzfinger" wegzulassen, und zwar in unpassenden Momenten, wo es um die Griffhoheit bei Fernbedienung, Kuchenteig oder Chipsschüssel geht.

Besagter *Kürtel* ist jedoch bei den "kleinen Kürtels" nur symbolisch gemeint - ganz konkret hingegen wird er verwendet für Situationen mangelnden Mutes: "Watt iss? Willze den Elfer nicht schießen? Hasse 'nen Kürtel inne Buchse?" - "Nee, nur'n bissken. Aber kann schon `nen Spatz dran picken."

Auch der Gemüts- und Gesundheitsbereich wird analfäkal aufgelockert, etwa in nicht nur metaphorisch gemeinten Fragen wie "Hasse schlecht geschissen?", "Bisse angepisst?", "Haste 'nen Furz quersitzen?"

Das Hohe Lied auf die häusliche abendliche Gemütlichkeit wusste mein Vater gekonnt zum Besten zu geben: Wenn es darum ging, ungeniertes Wohlgefühl zu beschreiben (vor allem im Gegensatz zu unwillkommenen außerhäusigen Verpflichtungen), beschrieb er dies mit Vorliebe so: "Am Sonntagabend will ich in Ruhe im Bademantel auffem Sofa sitzen, Fernseher an, Pils dabei, ein Finger inne Nase und einen im Hintern!"

Doch woher kommt diese intensive und zum Teil sehr liebevolle Hinwendung zur fäkalen Thematik? Liegt es vielleicht daran, dass der Ruhrgebietsmensch genau DAS deutlich, alltäglich und frei von jeder Genanz geradeheraus ausspricht, worauf es ankommt im Leben? Und damit - zwar drastisch aber eindeutig - feste und ewige Wahrheiten für den Menschen ausspricht:

Nämlich, dass es wichtig ist, gut aufs Klo zu können.

Spätestens ab der Pubertät (laut Freud schon bedeutend vorher) wendet sich der Mensch mit größtem Interesse dem Bereich unter der Gürtellinie zu.

Je älter man wird, desto mehr verschiebt sich die Aufmerksamkeit jedoch zuverlässig von vorne nach hinten.

Nicht umsonst hat ein Buch wie "Darm mit Charme" so einen großen Erfolg: Jeder weiß genau, dass schon am Morgen entschieden werden kann, ob ein Tag gut läuft oder nicht. Und die subtile Bedeutung dieser Tatsache ist doch auch in der Werbung erkannt worden - und wird von Dieter Bohlen mit diesem bewusst zweideutigen Slogan auf den Punkt gebracht: "Mann, ist das 'ne Wurst!"

Und auch die Kanzlerin hat doch gesagt, dass man die Dinge "von hinten her" denken muss - und entsprechend hat sie ausgesprochen, was das Wesentliche im Leben ist: "Wichtig ist, was hinten rauskommt!"

So, und getz geh' ich erstmal so richtig schön in aller Ruhe ...

Schöne Worte

Kennen sie das? Sie lesen einen Text, sie hören eine Reportage, jemand unterhält sich – und plötzlich fällt ein bestimmtes Wort.

Ein Wort, das unmittelbar und unvermeidlich in Ihnen Assoziationen von Glück und Seligkeit auslöst, vielleicht, weil es mit Ihnen durch eine ganz bestimmte Situation aufs Innigste verbunden ist, oder Ihren Alltag – gar Ihre gesamte Lebensführung - sanft begleitet oder gar leitet!

Diese Worte haben natürlich immer mit einem selbst etwas zu tun, zeugen sie doch davon, dass eine bestimmte Kombination von Buchstaben wie die Kombination eines Zahlenschlosses an einem Safe in der richtigen Art und Weise ausgesprochen einen geheimen Zugang zu den verborgenen Gedankenschätzen unserer Seele freilegen.

Für mich ist beispielsweise das Wort BORUSSIA von sehr großer Bedeutung. Das ist auch wenig überraschend, denn wer wie ich in gerade mal 15 Kilometer Entfernung vom schwarzgelben Dortmunder Epizentrum aufgewachsen ist, für den stellt sich ohnehin nicht die Frage, *ob* man Fußballfan ist; die einzige Frage ist, wie *intensiv* man diesen Wahnsinn in sein Leben lässt – und hier gilt für mich eine kompromisslose Haltung, die sich im fanatischen Triptychon *Südtribüne – Fanclub – Dauerkarte* seit Jahrzehnten widerspiegelt.

Das Wort BORUSSIA ist für mich jedoch weit mehr, als lediglich der pawlowsche Schlüsselreiz, der zwar nicht Speichel – dafür aber jede Menge Emotionen fließen lässt. Als Sportwissenschaftler weiß ich natürlich um die Wortbedeutung – Borussia heißt ‚Preußen' – und damit auch um die historischen Einordnung dieser Namensgebung. In der Gründerzeit des Vereins (übrigens: 1909!! Für diejenigen Vollhonks unter euch, die das nicht wissen!) war Kaisertum, Deutschtümelei und Preußisch sein der offizielle Mainstream. Tausende heutiger Vereine verdanken dieser Zeit ihre Namensgebung: Preußen, Germania, Teutonia, Concordia, Alemannia, Markania, Fortuna und eben Borussia – alle diese Vereine sind in der Regel vor über 100 Jahren gegründet worden.

Doch neben der historischen Betrachtung gefällt mir auch die phonetische Reflektion dieses Wortes: BO-RUS-SI-A! Ein viersilbiges Wort mit acht Buchstaben, davon sage und schreibe vier von fünf möglichen Vokalen!! Einzig das plumpe und allgegenwärtige -E fehlt. Von der Dichte der Vokale spielt BORUSSIA also in der Championsleague der 4-silbigen Wörter – auf Augenhöhe mit BOLIVIEN, ASTURIEN und ITALIEN – wobei letztgenannter Begriff nicht zufällig ein wenig anrüchig ist. Sie wissen schon. - Nein! Nicht wie meine Oma immer sagte: „Die Italiener haben uns in zwei Kriegen verraten!" - Das meine ich natürlich nicht!
Sondern eher diese gar nicht zufällige unterschwellige Versautheit des Begriffs - denn von ITALIEN beträgt der Abstand gerade mal eine Vorsilbe zu GENITALIEN! Zufall?
Aber zurück zu BORUSSIA! Das Wort BORUSSIA ist

durch die vier verschiedenen Vokale auch unter diesem Aspekt von einer übervollen Klang- und Lautweite und steht damit in überlegenem Kontrast zu profanen zweisilbigen Grunzlauten wie SCHAL-KE oder BAY-ERN, die beide einzig aus dem Grund erfunden wurden, damit auch der grenzdebilste Depp im Zustand kompletter Volltrunkenheit noch etwas wie Worte von sich geben kann.

Wir sehen also: Schöne Worte sind etwas sehr Individuelles. Und natürlich wird man jetzt sofort fündig, wenn man sich zum Beispiel bestimmte Personengruppen vornimmt, und ein Wort, das klischeemäßig mit ihnen verbunden ist, als deren Lieblingswort identifiziert.

Handwerker zum Beispiel. Über alle Gewerbe hinweg haben sie ein gemeinsames Lieblingswort: MÄRCHENSTEUER! Es geht um die Verballhornung des eher Finanzbeamte antriggernden nüchternen Begriffs der MEHRWERTSTEUER, und hat, wann immer es geäußert wird, eine polyvalente Funktion: Der Handwerker, der den Begriff MÄRCHENSTEUER benutzt, offenbart eine grundsätzliche Abneigung gegen diese Form der staatlichen Teilhabe an Geschäften jedweder Art. Auf der Beziehungsebene zeigt der Handwerker dem Endkunden mit dem Wort MÄRCHENSTEUER an, dass er gemeinsam mit ihm in einem Boot sitzt: Das Boot derjenigen, die vom Staat ständig geschröpft werden. Allerdings ist die Überbetonung dieses Wortes auch als Appell zu verstehen, oft gepaart mit der rhetorischen Frage: „MÄRCHENSTEUER! Oder brauchen Sie 'ne Rechnung?"

Natürlich können wir jetzt an dieser Stelle so richtig schön ein Abreiten von Allgemeinplätzen einleiten, Vorurteile und 'zig Mal aufgegossenen Klischees anhand von Schlüsselbegriffen durchgaloppieren und so von einem Kalauer zum nächsten wiehern: Lieblingswort der Frauen? – SCHUHGESCHÄFT!! Haha, selten so gelacht. Jedoch bietet sich hier der fiese Konter an: Welcher Mann hat nicht mit zunehmendem Alter ein disparates Verhältnis zu diesem Begriff, der beim kundigen Zuhörer unwillkürliche Abwehrkontraktionen auslöst: TASTBEFUND.

Aber verlassen wir doch den Abgrund dieser Gedankenschlucht und wenden uns wieder dem Zauber von Worten zu. Ich hege hier eine geheime Leidenschaft, die ich heute mit Ihnen teilen möchte: Ich habe die Neigung, schöne Worte zu erfinden! Also keine Nominalkomposita – also die Verschmelzung von Worten zu neuen Begriffen, wie zum Beispiel Ofen-Rohr oder Leser-Brief oder Reiz-Darm.

Auch gäbe es die Möglichkeit, Wörter bedeutungsverdrehend falsch zu betonen: Die Blumento-Pferde sind hier übliches Beispiel, obwohl man doch nur Blumentopferde kaufen wollte, ein elektrisch betriebener Fisch könnte der E-Hering sein, solange es den jedoch noch nicht in Serienreife gibt, muss man sich mit seinem Ehering begnügen.

Für feixendes Schenkelklopfen ist auch dieses Wort geeignet: Anderer Begriff für Testikel in germanischem Kultgetränk? – Met-Hoden!

Aber solche Worte habe ich gar nicht im Sinn. Auch sind hier nicht krude Beugungen oder Biegungen von Wörtern gemeint, obwohl ich in diesem Zusammenhang schon eine Zugebung mache, dass ich ein großer Fan abstruser Nominalisierungen bin, wozu ich Ihnen zahlreiche Beispielationen anführen könnte.

Aber alle gerade vorgestellten Wortschöpfungen gehen ja trotzdem mit konkreten Bedeutungen einher - und genau das möchte ich nicht.
Ich erfinde Wörter einfach wegen ihres schönen Klanges und weil sie aufgrund einer fehlenden Bedeutungszuschreibung so herrlich offen sind für jedwede Assoziation.

Eines meiner allerliebsten dieser bedeutungsfreien, jedoch so wohl und ebenmäßig klingenden Worte ist das Wort LESEL.

Was steckt auf den ersten Hör da alles drin? Die Stadt *Wesel* und natürlich: *Lesen* und *Esel* – und es kommt nicht von ungefähr, dass es seit 2014 – übrigens erst *nachdem* ich dieses Wort für mich erfunden habe – einen österreichischer Verlag gibt, der sich mit genau diesem „Lese-Esel" auf Kinderbücher spezialisiert hat.

Doch wenn man sich LESEL ein paarmal auf der Zunge zergehen lässt, sprudelt da noch mehr zutage: Die *Lese* des Weins zum Beispiel, und wenn man die zweite Silbe betont, erhält man *Le Sel* - französisch für *das Salz*- und die Klangnähe zu *Gesell* führt dazu, dass man sich nicht so alleine fühlt.

Eine weitere Besonderheit des Wortes LESEL fällt selbst dem ungeübten Leser oder dem halb-aufmerksamen Zuhörer sofort auf: Genau wie zum Beispiel bei der EHE ist LESEL ein Palindrom. Auch rückwärts gelesen kommt LESEL heraus. Und damit hat dieses Wort anderen Wörtern gegenüber etwas voraus: Es mag zahlreiche Wörter geben, die die angenehmsten, innigsten Erinnerungen zutage fördern und dazu noch das Ohr mit Wohlklang umschmeicheln. Allerdings fällt der ganze Zauber dieser Wörter wie ein falscher Spuk von ihnen ab, sobald man sie rückwärts liest!

ZÄRTLICHKEIT und FREUNDSCHAFT zerbröseln zu sperrigem TIEKH-CIL-TRÄZ und nichtsnutzigem TFAHCS-DNUERF! Das GEFÜHL wird zum LHÜ-FEG mit einer hochnotpeinlichen phonetischen Nähe zur Lüge, und wer würde freiwillig zu einem ZU-OVED-NER gehen, obwohl man auf ein RENDE-VOUZ hoffte?

Aber am schlimmsten ist es mit der LIEBE! Da wird aus dem höchsten Glück gemeinsamer Zweisamkeit plötzlich das E-BEIL! Ein E-Beil! Man mag es sich gar nicht vorstellen! Oder vielleicht doch: Wenn man unglücklich geliebt hat – gar betrogen wurde – könnte man der Versuchung erliegen, aus Enttäuschung und Zorn in den nächsten Baumarkt zu rennen, um genau ein solches elektrisch betriebenes Spaltwerkzeug zu erwerben, mit dem man dann zuverlässig die Protagonisten der einstigen Liebe bearbeitet.

An diesen Beispielen wird wohl jedem klar, welche unermesslichen Vorteile das Wort LESEL hat.

Und wenn ich mal sehr neckisch drauf bin, denke ich mir lustige Erweiterungen aus. Zum Beispiel ZU-LESELUZ! Durch die Vorsilbe meint man, einem Infinitiv auf der Spur zu sein, welche durch das palindromisch determinierte Suffix unweigerlich zu einem männlichen Vornamen führt: zu Lu(t)z!

Und bei EHEZULESELUZEHE wird bei entsprechender Betonung des vorletzten Versfußes dessen Endglied hörbar! (die ZEHE!).

Knuffig, nicht wahr?

Und all diese Assoziationen, die sich ausgehend von diesem anscheinend so banalen Wörtchen LESEL ableiten lassen, können vortrefflich mit formaler Strenge in einem bunten Reigen zusammengefasst werden:

Und zählt' mich auch jeder zu den Eseln –

Ich könnt' es nicht lassen: das Leseln.

Bei der Lese des Weins traf ich Lutz

Aus Wesel! Er war zu nichts nutz!

Zu lesen verstand er nicht, der tumbe Gesell,

Beim Kochen vergaß er immer Le Sel,

dem Esel glückte auch nicht die Ehe,

Traf er beim Tanzen doch immer die Zehe!

Und bist du mal traurig, wie Lutz aus Wesel,

Dann erfind dir ein Wort, wie mein schönes LESEL!

2020: Beethoven, 240V

Covid!Covid! Covid! Trump! Trump! Trump!

Alles, was das Jahr 2020 ausmachte, lässt sich auf diese beiden Begriffe reduzieren. Doch fällt Ihnen etwas auf? Richtig! Beide Wörter haben fünf Buchstaben!! Das kann doch kein Zufall sein! *Kacke* nämlich auch!
Schon wieder mal so ganz nebenbei Wahrheiten produziert.

Aber bleiben wir bei diesem seltsamen Jahr 2020: Neben oben genannter Dualkatastrophe gab es durchaus noch andere Dinge, die uns in diesem Jahr beschäftigt haben – auch regional gewichtet: In Berlin - respektive Brandenburg - wurde ein Flughafen eingeweiht. In einem Jahr mit weltweit sensationell niedrigen Flugbewegungen ein wenig riskantes Unterfangen.
Dem Rheinländer – vor allem dem Bonner - drängt sich ein weiteres Thema auf, das im Jahr 2020 dominierte – und in Bonn sehr schmerzlich: Vor allem NICHT dominiert hat!
Was wurde schon seit Januar 2019 auf dieses so bedeutsame 2020 hingearbeitet! Galt es doch, dem berühmtesten Sohn der Stadt – Ludwig van Beethoven – ein überdimensioniertes Jubiläumsjahr zum 250. Wiegenfest zukommen zu lassen.
Nun ja, der inzwischen verblichene Meister wird wenig davon haben, auch gibt es keine in direkter Linie mit ihm verwandten Abgestammten, die an seiner statt an-

lässlich der dutzendfach geplanten Feierlichkeiten in der ersten Reihe sitzen könnten, gerahmt von Oberbürgermeister, Kulturminister oder Intendanten.

Es galt somit auch mehr, Prestigepflege für die Stadt Bonn und seine subventionierten Berufsmusiker zu betreiben – schließlich hält sich die Stadt ein Beethoven-Orchester, das um das Andenken des Namenspatrons in diesem Jahr tüchtig zu fiedeln gedachte. Da wurde jetzt nichts draus. Zudem ist die eigentliche Spielstätte – die seit geraumer Zeit eingerüstete Beethovenhalle – Bonns stille Antwort auf oben genannten Flughafen.

Zu den normalen Phänomenen kapitalistischer Gesellschaften gehört dann natürlich auch, dass das, was allgemein im tagesaktuellen Geschäft „Inn" oder „Hipp" ist oder in diese Richtung gehyped wird, entsprechend auch kommerziell begleitet werden muss.
In Beethovens Fall gab es daher auch kein Drumherum um den ganzen Merch-Tinnef, der sich in solchen Fällen feilbieten lässt: Beethoven-T-Shirts, Pullover, Mützen, Kappen, Schals, Krawatten, Socken, Zierteller, Topflappen, Handtücher, Schnupftücher, Einstecktücher, Einmalservietten, Bettzeug, Kaffeepötte und, und, und – alles, worauf Ludwigs grimmiges Konterfei draufpasst, wird produziert und in die Vitrinen gestellt. Zuletzt stolperte ich in der Innenstadt über einen Pflanzkübel, der mit Stiefmütterchen zubenoniert war und davon kündete, dass es sich um „Hovens Beet" handele..
Aber auch Vergängliches ist gut genug, um bebeethoo-

vent zu werden: Beethoven – Pralinen, Likör, Wein, Torte, Gebächstücke komplettieren jeden Mittags-, Nachmittags- und Abendtisch.

Die personenkultige Welle der um Weltgeltung ringenden Stadt am Rhein gipfelt dann auch in flüchtige Erlebniswelten, wo es gilt, des Meisters Hauch zu erleben: Zentral sind hier natürlich sämtliche musikalische Festivitäten zu nennen. Jedes Jahr findet schließlich das Beethoven – oder besser in neuwerbedeutsch: BTHVN-Fest statt, und in diesem Jahr 2020 sollte es natürlich noch graziöser und pompöser werden – eine musikalische Champions-League-Veranstaltung! Die Pandemie sorgte leider für eher malade und tendenziell ruinöse Verhältnisse.

Aber damit ist die Beethovenmania noch lange nicht ausgereizt. Dass sämtliche Filialen der drei Hörakustik-ketten in Bonn sich eine Büste vom Meister ins Schaufenster stellen und diese kleinen bunten Ohrsender in den tauben Muscheln des geräuschunempfindlichen Musikgenies einpflanzten – geschenkt!

Viel interessanter fand ich da schon die Werbung der Stadtwerke: „Wechseln Sie jetzt zu Beethoven-Strom!" Und sogar ein paar Elektrobusse wussten stolz zu berichten: „Ich fahre mit Beethoven-Strom!"

Da wurde ich doch neugierig, was diesen Strom so Ludwig-mäßig macht – doch leider wurde ich enttäuscht: Neben dem Produkt „Beethoven-Strom" ist der einzige Bezug auf Bonns Meister eine Werbe-Abbildung zum Slogan, die ein zur Silhouette geformtes Elektrokabel zeigt, das in einer Steckdose hängt. Eigentlich kann man nur im Verbund mit diesem Titel die Umrisse Beethovens deuten. Würde man Menschen in der Fußgängerzone nach der Bedeutung befragen, würde man zur Antwort bekommen, dass es sich eventuell um die Form eines fernen Bundeslandes handeln könnte, ältere Menschen würden sich womöglich zu einer Aussage „Deutschland in den Grenzen von…" hinreißen lassen.

Auch die Produktinformation brachte keinen besonderen Beethoven-Bezug zutage: Beethovenstrom sei lokal und ökologisch – nun ja, bei über 32% fossilen Brennträgeranteil fand ich das dann doch schon optimistisch bewertet. Viel überzeugender hätte ich es gefunden, wenn ein Teil des Beethovenstroms zum Beispiel vom Orchester selbst produziert würde: Beim Reiben der Saiteninstrumente mit den pferdebehaarten Bögen entsteht doch jede Menge Reibungsenergie! An heimischen Rudermaschinen oder Trimm-dich-Rädern könnten per Dynamo wertvolle Watt gewonnen werden! Im Jahr 2020 hatte das Orchester ja auch etwas mehr Zeit für sportliche Aktivität.

Aber insgesamt war es das dann schon, mit dem besonderen Bezug von Beethoven-Strom zum Altmeister…

Doch läge genau hier nicht eine Marktnische? Wäre es im 21. Jahrhundert, in den Zeiten der globalen und persönlichen Vollvernetzung nicht möglich, Beethoven-Strom zu kaufen und damit dem geliebten Bonner Genius und seinem Werk beim Betrieb elektrischer Geräte ein Stück näher zu sein?

Man stelle es sich vor: Morgens mache ich verschlafen

das Licht an – und es ertönt unvermittelt der An-
fangsakkord der 5. Sinfonie in Stadionlautstärke: Pa-Pa-
Pa-PAAAAAAAA! Das wäre mal ein Erweckungserleb-
nis!

Das Kochen des Frühstückseis würde sanft umgarnt mit
dem ersten Satz aus der 6. Sinfonie – die Pastorale ge-
nannt- , die ja den Titel trägt „Erwachen heiterer Emp-
findungen bei der Ankunft auf dem Lande!" Assoziativ
würde man doch sofort mitgenommen in die schöne
bunte Werbewelt der Landwirtschaftsindustrie: Dank
der umsäuselnden Musik, die beim Anstellen des Herdes
einsetzte, sehe ich mich in eine liebliche Landschaft
verpflanzt, um mich herum frei laufende glückliche
Hühner, die mir mit freundlichem Gegacker und innigs-
tem Vertrauen ein darmwarmes Ei direkt aus dem Steiß
in die Hand übergeben, auf das es mich erquicke und
ich mich daran labe. Julia Klöckner lächelt mich an; in
einer bunten Schürze setzt sie gerade mit zärtlicher
Behutsamkeit männliche Küken in einem üppigen Frei-
gelände aus, sie winkt mir zu und kurz kann ich ihr kleines Tattoo an der Innenseite ihres Oberarms sehen –
das Logo von Nestlé.

Nach dem Frühstück: Dusche und der Fön!! Kaum
mache ich ihn an, dröhnt es mich mit Naturgewalten an
die kalten Badkacheln: Der furiose orchestrale Auftakt
vom 4. Satz der 9. Sinfonie „Ode an die Freude" bläst
mir über den Schädel! Habe ich das Deckhaar gerade
noch leichtfeucht, so weiß der Bassgesang zu berichten:
„Oh Frrrohoohohohohoinde, nicht diihiiiese Töööönö" –

„sondern lasst uns ahahahahahahangehenemere anhanstimmen!“ usw.. Bei einer solchen Föndröhnung wird kein Festiger mehr benötigt, und auch der Kahlste wird nach diesem infernalischen Intermezzo mit grimmigentschlossener Ludwigmähne das Haus verlassen.

Ich setze mich in mein Elektroauto – und Beethovenstrom bringt mich nicht nur ans Ziel – Beethoven-Strom sorgt auch für die richtige innere Balance: Zwar könnte ich nun ob des morgentlichen Berufsverkehrs zum nevenzerbündelten Lenkradbeißer werden; in zweiter Reihe parkende Paketboten, Lieferando-Fahrradmatadore, die Müllabfuhr, schneckende Fahrschulwagen und handycheckenden SUV-Dödel verwandeln jede Strecke in einen lebensgefährlichen Hindernisparcour.

Doch wie kommt man Situationen äußersten Stresses am besten bei? Mit der Meta-Ebene: Mit dem Anlassen des Wagens ertönt das Anfangsmotiv von Beethovens 4. Klavierkonzert – und für die ganz wenigen, die um dieses Werk nichts wissen: Ludwig ließ es doch – welch Affront!! – mit dem *Klavier* beginnen, dass dem Orchester quasi die Vorlage hinspielt. Und dadurch bin ich sofort in der straßenverkehrstechnischen Überholspur, die es mir erlaubt, über den Dingen zu schweben und der Unbill des täglichen Pendelns souverän zu begegnen: „Natürlich! Du! Der du vor mir anstatt aufs Gaspedal auf dein Handy drückst, du bist nur ein mickrig Wurm und verschwendet wäre jede Wallung von meiner edlen Stirne die ich in Zornesabsicht zu dir rüberschickte.“

Wie das überlegene Klavier in der Sinfonie stehe ich

schlicht darüber, das profane Orchester der anderen Verkehrsteilnehmer tangiert mich noch nicht einmal peripher, ist es doch nur Beiwerk zum brillanten Fahrkönnen, das meinem Lenkrad entspringt.

Und so entfährt es mir das ein oder andere Mal etwa so: „Auch du bist nur ein einfältig Menschenkind – voller Fehler und Zweifel – und daher spüre meine Großherzigkeit und meinen Edelmut, dich nicht augenblicklich in den Staub des Asphalts zu hupen oder dir Fäuste oder Mittelfinger zu zeigen oder wo das Oberstübchen zu finden ist."

So bringt mich Beethoven-Strom nicht nur physikalisch, sondern auch metaphysisch dahin, wo ich hin muss: ins Büro.

Dort angekommen setze ich mich an meinen Arbeitsplatz hinter diesen großen Bildschirm – und Beethovenstrom weiß, dass dieser Bildschirm nicht nur dazu da ist, dass ich alles möglichst gut sehen und mehrere Vorgänge parallel abarbeiten kann - NEIN: Der Bildschirm ist auch von solch vorteilhafter Größe, dass er mich den Blicken meines Chefs entzieht. Kaum, dass ich den Rechner hochgefahren habe und in einer angenehmen Sitzposition bin, wiegt mich auch schon die Mondscheinsonate in diesen gleichtönigen Dämmerzustand, der es mir erlaubt, ressourcenökonomisch den Arbeitstag stundenlang durchzuträumen.

Feierabend – der Weg nach Hause ein einziges Adagio – und dort angekommen erfahre ich auch noch die pädagogische Dimension von Beethoven-Strom: Ich sitze auf der Couch und fläze mich mit einem Tablet in die Sofalandschaft. Da mich gerade so niemand beobachtet, denke ich mir, ich könnte ja mal – aus rein wissenschaftlicher Neugier und weil ich von etwaigen Geschmacklosigkeits-Internetseiten irgendwo schon mal gehört habe – ein paar Bilder anschauen. Von Frauen zum Beispiel. Mit ohne Anziehsachen.

Ich gebe in die Google-Suchleiste ein: „Frauen – nackig – Bilder", drücke auf Enter…und schon ploppt das gestrenge Portraits Beethovens auf, ändert sämtliche Passwörter nebst Administratorenrechten und installiert sich als Bildschirmschoner und -bewacher auf meinem Tablet. Da schaut er mich an: Entschlossen. Ermahnend. Er notiert sich etwas – verdammt: Wahrscheinlich ein Oktavheft, in dem er mein Benehmen benotet! Unvermittelt entfährt mir ein „Verzeihung, Maestro..", doch er schaut nur stur und streng. Ich ringe noch mit einer Erklärung, als mir einfällt, dass er ja nicht so gut im Zuhören ist. Aus dem Tablet erklingt wie eine gestrenge Mahnung mit maximaler Lautstärke der 3. Satz aus Beethovens 5. Sinfonie: Die fanfarenartigen Bläser scheinen meine unzüchtigen Begierden der ganzen Welt tönen zu wollen, gleichzeitig ertappe ich mich dabei, wie ich unversehens das Marschmotiv aufgreife und mich mit rhythmisch-dynamischem Schritt für nützliche Arbeiten in die Küche verfüge.

Danke, Ludwig.

Wo wohnst du? – Sag ich nicht!

Natürlich liegt jetzt die Vermutung nahe, dass es sich angesichts dieser Überschrift um Vermeidungsstrategien im Kontext von zum Beispiel First Dates handelt – tut's aber nicht!

Auch soll obige Einführung nicht als Empfehlung etwa für das Verhalten in Polizeikontrollen gelten.

Es geht vielmehr um die Tatsache, dass es Menschen gibt, die je nach Situation nur ungern ihre Adresse preisgeben; dies geschieht zum Beispiel im Rahmen von Einstellungsgesprächen. Bedauerlicherweise stehen manche Straßennamen in manchen Städten anscheinend stellvertretend dafür, dass Bewohner derartiger Straßen automatisch als problematisch beleumundet gelten und in Vergabeverfahren von Praktika, Jobs oder Wohnungen nachteilig behandelt werden.

Dazu passt dann auch dieses herrliche Bonmot von Frank Goosen über Situationen, die dem Außenstehenden im Ruhrgebiet passieren können (übrigens heute nicht mehr - denn jedes Telefon hat ja auch einen Wegweiser eingebaut). Wenn man – so Goosen - früher jemanden fragte, wo denn diese oder jene Straße oder ein entsprechender Stadtteil sei, hätte man durchaus zur Antwort bekommen können: „Watt willste da denn? Da is scheiße! Ich sach' dir getz ma, wo du hinwillst."

Ich beginne meinerseits auch mit einem Bonmot meiner Vergangenheit: In den letzten Zügen des kalten Krieges, Ende der 80er des letzten Jahrhunderts, war ich wichti-

ger Bestandteil der friedenwahrenden Abschreckungs-
strategie zwischen Nato und Warschauer Pakt – und
zwar als LKW-Fahrer der Bundeswehr in der nieder-
sächsischen Tiefebene. Regelmäßig kamen wir an einem
Dorf vorbei. Es hieß Schamwege. Hihi. Und man muss
sich nicht vorstellen, welcher Flachs im Fahrerhaus
dann blühte, sobald dieses Schild erblickt war. Denn die
assoziativen Denkwelten, die sich hier entluden, wurden
von testosterongeplagten Jungmännern abgegeben, die
durch das vorgeschriebene Kasernenleben hoffnungslos
untervögelt waren.

Aber man stelle sich eine sympathische Begegnung
zweier Menschen vor, die sich leicht schüchtern gegenseitig nach der Adresse fragen: Augenblicklich entsteht
bei „aus Schamwege" eine peinliche Denkwolke, die
drohend über den beiden schwebt und jede Unschuld
dieses zärtlichen Einvernehmens niederdrückt. Frivolität
und anatomische Erotik machen sich breit, da besagter
Ortsname gleichsam als Wegweiser Richtung Vulva
verstanden werden kann.

Ähnlich verhält es sich zum Beispiel, wenn eine - sagen
wir mal: eher üppige Dame aus einem Leverkusener
Vorort kommt. Beim Ausfüllen des Formulars fragt zum
Beispiel der Postbeamte, der Autoverleiher oder Mitar-
beiter im Handyladen, wo man denn wohne: Bei der
Antwort – „in Fettehennen" – gilt es, die maximale
Contenance zu wahren und sich ein Grinsen zu verknei-
fen.

Im Ruhrgebiet – da wir ja eingangs auf Frank Goosen
Bezug genommen haben – bemerkt der Formularausfül-

ler vielleicht trocken „Hätt ich mir auch denken können, wa? Haha!", woraufhin er sich nicht unbedingt eine gefangen hätte, sondern vielleicht ein fröhliches „ja wer hat, der hat!" zur Erwiderung gehört hätte.

In Bezug auf Ortsnamen könnten wir ja nun endlos weitermachen, und jedem fallen wahrscheinlich spontan die heiteren Momente in der Kindheit ein, als man das erste Mal mit Namen wie Pforzheim, Schweinheim, Schweinfurt oder Katzenfurt konfrontiert wurde. Und die nächsten Seiten dieses Textes ließen sich mühelos mithilfe des Internets füllen, indem ein anzüglicher Ortsname mit einer kruden Story verwebt wird. Jedoch erscheint es doch viel interessanter zu erfahren, warum bestimmte Orte überhaupt so heißen.

Glaubten etwa die Gemeindegründer von Busenberg, Busendorf, Busenweiler oder Busenhausen (letzteres übrigens in Fachkreisen mit „BH" abgekürzt) bei der Benennung ihres Ortes, das sich daraus ein Standortvorteil ableiten ließe? Eventuell, um vor allem männliche Bewohner der Region zu einem Umzug in ihre Gemeinde zu gewinnen? Nun, dem ist nicht so. In Busendorf zum Beispiel leitet sich der Ortsname von „Buße" ab, da das Dorf vor allem durch ein Kloster geprägt war. Man könnte dann jetzt trefflich unken und sich vorstellen, wie einseitig interessierte Männer, die voller frivoler Gefühle Richtung Busendorf eilten, dort nicht auf weibliche Rundungen stießen, sondern auf männliche Moralapostel, woraufhin jedes unkeusche Gefühl augenblicklich erschlaffte.

Auch die Anwohner des mecklenburgischen Dümmer Sees und des gleichnamigen Ortes müssen nicht zur Wohnberechtigung einen Schwachsinnstest bestehen, leitet sich doch der Ortsname wahrscheinlich von einer alten Mühle ab. Also: Auch Abiturienten dürfen im Dümmer See schwimmen. Auch mit Gesamtschul-Abitur aus NRW.

Aber folgende Meldung muss ich jetzt noch nennen unter der Rubrik „Ortsnamenkarma": Die etwa 300 Einwohner von Ekelsdorf in Schleswig-Holstein machten vor einigen Jahren den Dorfnamen regional bekannt, da sie dagegen protestierten, dass sich ein Mastbetrieb mit rund 1500 Schweinen dort ansiedeln wollte. Dies stänke zu sehr.

Was für Ortsnamen gilt, kann natürlich auch auf Straßennamen angewendet werden. Die *Küfergasse* verdankt ihren Namen der Ansiedlung von Fassbauern in mittelalterlichen Städten, die *Beinhauerstraße* beherbergte vor allem Menschen aus der Metzgergilde. Heute ist dies ein nur sekündar bevorzugter Straßenname bei Veganern.

Bei der Betrachtung der Internetseite „lustige Straßennamen in Deutschland" muss man sich jedoch schon fragen, ob zum Beispiel Onkologen, plastische Chirurgen oder derbe Lüstlinge bevorzugt in der *Tittentasterstraße* beheimatet sind.

Passend scheint auch der *Bremsweg* als Adresse von TÜV und Dekra zu sein. Karnevalistische Wildpinkler werden vor allem von der *Strullergasse* geradezu magisch angzogen und wenn sie dann auch noch Notdurft verrichten, wird der Ort schnell zum *Stinkgässli* oder *Kotweg*.

Radfahrer treibt es zum Kräftemessen mit sich selbst an die steil ansteigenden Rampe *Zäher Wille*; dort wohnen übrigens bevorzugt indische Schmerzasketen und Besitzer von Rudergometern.

Doch Orts- und Straßennamen unterscheidet etwas Grundlegendes: Während Ortsnamen in der Regel eine Manifestierung eines Jahrhunderte alten historischen Prozesses sind, geht die Benennung von Straßen in den meisten Fällen auf Beschlüsse in Gemeinde- oder Stadtrat zurück.

Sie sind also wesentlich flexibler und damit veränderbarer. Im Zuge der „Black-Live-Matter"-Bewegung kam es zunächst in Amerika, dann auch in Europa zu einer kritischen Auseinandersetzung mit den Namen von Straßen und Plätzen, die nach historischen Persönlichkeiten benannt sind. Straßenschilder wurden verhüllt, Statuen versetzt oder vom Sockel gestoßen und dies führte auch zu einer Debatte bei uns, welche Straßennamen denn noch politisch korrekt seien.

Persönlichkeiten der frühen BRD, die sich im braunen Machtapparat der Nazis als Rädchen mitdrehten, gelten da als anrüchig – und in Bundespräsident Heinrich Lübkes Fall mit seiner bäurischen „liebe Neger"-Anrede anlässlich eines Staatsbesuchs in den 60ern in Afrika dürften wohl sämtliche Straßenschilder vor einem solchen Namenszug kritisch hinterfragt werden.

Aber bevor wir jetzt zu einer strengen Durchforstung

von Biografien kommen, um Persönlichkeiten der letzten Jahrhunderte an den Maßstäben des moralisch Richtigen und Guten unserer modernen Gesellschaft zu messen, sei Vorsicht angemahnt: Niemand wünscht sich in einer Straße zu wohnen, die nach einem Selbstmörder, einem Bordellbesucher oder jemanden benannt ist, der mutmaßlich Todesurteile unterschrieben hat – aber wollen wir deshalb sämtliche Kleist-, Schiller- und Goethestraßen umbenennen?

Sie erkennen natürlich die gewollt tendenziöse Richtung dieser letzten Sätze: Durch gezielte Verknappung der Biografie auf ein anrüchiges Detail und dem gleichzeitigen Aussparen der eigentlichen Lebensleistung ist jede Biografie anfechtbar! Es bedarf also einer ausgewogenen Analyse – und hier schlägt die Waage selbst bei unappetitlichen Antisemiten ins Wohlwollende, wenn es sich um Namen wie Martin Luther und Friedrich Ludwig Jahn handelt (Jahn – der Turnvater, sie wissen schon..).

Aber kommen wir doch jetzt zum eigentlichen Zielpunkt unserer kleinen Abhandlung. Ich glaube, den Gemeinderäten und Stadtverordneten zwischen Flensburg und Garmisch ist noch gar nicht bewusst, welche Möglichkeiten in der Tatsache schlummern, dass die Befugnis, Straßennamen festzulegen, allein bei ihnen liegt.

Und dass eine gezielte und kreative Namensgebungsstrategie ungeahnte Möglichkeiten der Stadtentwicklung und Strukturveränderung bietet. Und zwar sensationell kostengünstig!!

Nehmen sie als Beispiel eine Straße, in der ein Ortsbekannter und allgemein unbeliebter Neonazi wohnt. Vielleicht hat er sogar einen Versandhandel für einschlägige Artikel, die in Milieukreisen begehrt sind.

Wenn er jedoch in der braunen Community ständig als Absender oder Zieladresse Izaak-Rabin-Straße, oder alternativ Rosa-Luxemburg- oder Sophie-Scholl-Straße angeben muss, brächte ihn das nicht nur in Erklärungsnöte, sondern zuverlässig auch zur braunen Weißglut und vielleicht sogar zum Umzug.

Eine riesengroße Ressource, durch Umbenennung von Straßennamen positive Veränderungen herbeizuführen, ergibt sich im Bereich des Gesundheitswesens. Bekanntlich leidet unsere Gesellschaft seit den 70er-Jahren an Zivilisationskrankheiten: Bluthochdruck, Diabetes, Arteriosklerose haben ihre Ursachen nicht zuletzt in einer völlig ungesunden Ernährung und einem bewegungsfernen Lebensstil.

Hier fallen mir spontan zwei Zielgruppen ein, die durch pragmatische Straßenumbenennungen und flankierende Maßnahmen zu einem gesunden und die Daseinsqualität steigernden Lebensalltag gebracht werden könnten: alte Menschen und dicke Menschen.

Zuerst zu den Alten: In jeder Stadt gibt es doch diese Straßen mit Altimmobilien aus den 50er- und 60er-Jahren. Ein spitzgiebeliges Haus, entweder noch in original Rauputz oder mit aufgeklebter Klinkerfassade steht auf verschwenderischen 1000qm Grund. Der Vorgarten lässt wahlweise auf einen Rasenfaschisten schlie-

ßen oder empfängt den Betrachter mit einer Pflaster-
wüste, die durch Tier- oder Engelstatuen aus Betonguss
optisch aufgehübscht werden sollen. In beiden Fällen
werden solche Vorgärten häufig von arglos lächelnden
Gartenzwergen in der Anzahl eines Trupps bewacht.
Die Bewohner haben sich durch jahrzehntelangen Verzehr deutscher Hausmannskost, die sich im Triptichon
von Fleisch, Kartoffeln und kein Obst widerspiegelt, in
einen bedenklichen Gesundheitszustand gebracht.

In schmerzlicher Erinnerung an die frühere Weltgröße
Deutschlands heißen solche Straßen oft *Breslauer-, Dan-
ziger-* oder *Königsberger Straße.*

Und genau hier können seitens der Stadtverwaltung
durch zwei simple Beschlüsse Gesundheit, Freude und
Wohlergehen einziehen und die bis dahin bleiern wa-
bernde Biederheit, Langeweile und schleichende De-
struktion vertreiben.

Das Viertel erhält neue, frische Straßennamen: *Aubergi-
nenstraße, Zucchiniweg* und *Artischockengasse* sorgen nicht
nur für ein plötzliches Erwachen der dösenden Anwohner, sondern fordern sie auch gleichzeitig heraus, sich
mit diesem Gemüse auch zu beschäftigen!

Neugierig sieht man sie umgehend im nächsten Supermarkt durch den Gemüsestand kurven, Fortgeschrittene
können schon nach zwei Wochen Gurke und Zucchini
zweifelsfrei unterscheiden und wissen inzwischen, dass
man die Auberginen nicht schälen muss. Auf städtischen
Faltzetteln werden in den entsprechenden Straßen Re-
zepte verteilt.

Durch einen zweiten Beschluss werden auch die letzten

Miesepeter aktiviert: Gemäß Verfügung ist jeder Vorgarten ab einer Größe von 20qm in einen Nutzgarten umzuwidmen. Wasserschluckender Zierrasen gehört genauso der Vergangenheit an wie abkärcherbares Altstadtpflaster.

Akkurat reihen sich stattdessen Rabatten von Möhren, Tomaten und Blattsalat an den Bürgersteigrand. Und diese Maßnahme wird auch den letzten Grummel bewegen, seinen Vorgarten umzupflügen: Der Jahresertrag der Ernte wird auf die jährliche Grundsteuer angerechnet und vermindert den Hebesatz!

Ein anderes großes Problem unserer Gesellschaft ist das Übergewicht. Zunächst gilt es, eine schonungslose Analyse zu machen: Auf der Datenbasis der ansässigen Hausärzte lässt sich recht niederschwellig herausfinden, in welchen Straßen die Dichte der Menschen am größten ist, die einen bedenklichen Body-Maß-Index aufweisen. Diese Straßen erhalten nun bewegungsauffordernde Namen, um gleich mal aufzuzeigen, in welche Richtung der Hase zukünftig läuft oder joggt: *Trimm-Dich-Weg*, *Läuferpfad* oder *Sprungstiege* lauten jetzt die Adressen der schweren Bürger und mit weiteren Infrastrukturmaßnahmen lässt sich der allgemeinen Verfettung zuverlässig entgegenwirken: So werden sämtliche Anwohnerparkplätze abgeschafft, damit der Weg zum Auto etwas länger wird. Der gewonnene Platz wird dazu benutzt, um mehrspurige Gehwege anzulegen. Auf den drei Spuren gelten unterschiedliche Mindestgeschwindigkeiten, deren Einhaltung noch dadurch erschwert wird, dass regelmäßig Hindernisse überwunden werden müssen: So ist jedes Wohnhaus zunächst durch einen Graben vom Bürgersteig getrennt. Es erfordert also einen beherzten Schlusssprung, um am öffentlichen Gehverkehr teilzunehmen. Danach warten auf den Gehwegbenutzer weitere Herausforderungen: Künstliche Hügellandschaften, eingebaute Treppen und Kastenhindernisse lockern das Geherlebnis angenehm auf.

Auf den Überholspuren für die fitteren Straßenbewohner gibt es zusätzlich Hangelleiter, Baumstammbalancieren und Tarzanseile, die helfen, die unwirtlichen Wegpassagen sicher zu überwinden.

Sämtliche Parcourselemente sind übrigens in positiven rot-, rosa- und lila-Tönen gehalten und haben genauso wie die aufmunternden Spruchbänder an den Seiten den angenehmen Nebeneffekt, dass sie durch ihre gendergerechte Ansprache und naiv-bunte Fröhlichkeit verhindern, dass testosterongesteuerte Männergruppen aus dem Wehr- oder Kraftsportmilieu diese Straßen zu Trainingszwecken aufsuchen.

Und so hat man im Handumdrehen die Attraktivität des eigenen Ortes immens erhöht, gleichzeitig stellt man einem gesamtgesellschaftlichen Problem ein kostengünstiges und nachhaltiges Programm entgegen.

Dem erwartbaren Proteststurm der Anwohner wird mit dem behördlichen Versprechen begegnet, dass abhängig von der Verbesserung des jährlich gemessenen durchschnittlichen Body-Maß-Indexes die Hindernisse Schritt für Schritt zurückgebaut werden. Und wer bei einem Halbmarathon ins Ziel kommt, erhält sogar seinen

Parkplatz vor der Haustür.

Wer weitere Vorschläge hat, wende sich bitte vertrauensvoll an mich.

Gerne ganz altmodisch per Brief an

Christoph Amediek

Eulenspiegelgasse 3

12345 Narrendorf.

Hier ist noch Platz! - Ein Gedicht

Diagnose

Essen, trinken, Bonbon lutschen,

Kippe küssen, Mund abputzen,

Lippen kneten, räuspern, husten,

Zunge rollen, Backen pusten.

Maximale Mengen schlingen,

Getränke stets auf Ex reinringen,

Kaum gebissen – schon geschnappt:

Und ein Kaugummi entpackt.

Longdrinks fest durch Halme saugen,

Popel auch zum Essen taugen!

Backentaschen zünglich putzen,

statt Schere stets die Zähne nutzen,

Mückenstiche dauerleckend

Parallel ein Eis beschleckend,

Dauernd Süßes sich reinschnuckeln,

An riesengroßen Brüsten nuckeln.

Falls dich all dies interessiert-

dann bist du oral fixiert.

MIX

Papier | Fördert
gute Waldnutzung

FSC® C083411

Zeitfracht Medien GmbH
Ferdinand-Jühlke-Straße 7
99095 Erfurt, Deutschland
produktsicherheit@kolibri360.de